강령술사

FUSION FANTASY STORY & ADVENTURE

정은호 퓨전판타지 장편소설

7

dream
books
드림북스

강령술사 7

초판 1쇄 인쇄 2015년 11월 20일
초판 1쇄 발행 2015년 11월 27일

지은이 정은호
발행인 오영배
책임편집 편집부

펴낸곳 (주)삼양출판사 · 드림북스
주소 서울시 강북구 도봉로 173
대표 전화 02-980-2112 **팩스** 02-983-0660
출판등록 1999년 3월 11일 제9-00046호

ⓒ 정은호, 2015

ISBN 979-11-313-0466-2 (04810) / 979-11-313-0313-9 (세트)

드림북스는 (주)삼양출판사의 판타지 · 무협 문학 브랜드입니다.

강령술사

7

FUSION FANTASY STORY & ADVENTURE

정은호 퓨전판타지 장편소설

dream
books
드림북스

목차

Chapter 1 황궁으로   **007**

Chapter 2 황제와의 대면   **077**

Chapter 3 테르무그 공작의 보물   **107**

Chapter 4 처형   **151**

Chapter 5 깨어난 구각랑   **205**

Chapter 6 드래곤 하트   **261**

Chapter 7 최후   **299**

Chapter 1
황궁으로

"으음, 여기를 또 오게 되네요."

그것도 변장까지 해서 말이다.

경식은 눈앞에 아득하게 펼쳐진 수도의 풍경을 바라보며 인상을 찌푸렸다.

제국의 수도.

별로 좋은 인상이 남는 곳은 아니었다. 게다가 지금 역시 좋은 이유로 가는 것이 아니었고 말이다.

아니, 좋은 이유는커녕, 저기 가서 많은 이들이 죽을 수도 있었다.

일주일쯤 전 받았던 황제의 전언.

그것은 경식을 포함한 모든 쿠데타 세력이 제국의 수도로 기어들어가는 이유가 담겨 있었다.

아니, 쿠데타 세력 뿐 아니라, 다른 모든 귀족들 역시 마찬가지였다.

모두들 전언을 받고서 제국의 수도로 모여들고 있었다.

그리고 그 전언의 내용이란 것이 참으로 단순하고 명료했다.

마도국의 황태자를 잡았다. 한 달 후, 공개처형을 할 것이니 모든 귀족들은 수도로 오라.

명료했다.

그리고 명료한 만큼 뜬금없는 말이기도 했다.

"마도국의 황태자라니? 이게 도대체 무슨……."

마도국의 황태자가 잡혔다.

그것도 전장에서 싸우다가 적의 수뇌를 포로로 잡은 것도 아니고, 도심 한복판에서 잡았다고 한다.

심지어 한복판에서 잡은 도시는 다른 곳도 아닌 제국의 수도였고 말이다.

말도 안 되는 일이 일어났다고 모두가 이상하게 여겼다.

하지만 정작 경식은 다른 곳에 이상함을 느꼈다.

황태자가 누구인지, 왜 이곳에 왔었는지 알고 있었기 때문이다.

알스.

그리고 알스가 잡힌 것.

경식은 오히려 그것이 이해가 되지 않았다.

'그 강하던 녀석이 잡혔다고?'

그것도, 제이크만큼 강한 테카르탄이란 녀석과 함께였는데, 잡혔다고 한다.

그리고 공개처형을 한다고 한다.

참으로 이상한 일이 아닐 수 없었다.

그때, 옆에서 묵묵히 경식 일행을 쫓아오고 있던 왕년노인이 한마디 거들었다.

—제국의 현 황제는 원래부터 괴짜였지. 아주 이상한구석이 많은 사람이라네. 왕년에도 그랬고, 아마 앞으로도 쭉 그럴 게야. 미쳐 있는 황제……그 전형을 보여 주지.

"흐음? 황제가 어떻게 미쳤는데요?"

—모르나 본데, 내가 설명을 간략하게. 아아주 간략하게 해 준다면 말일세…….

이럴 땐, 가만히 입 다물고 있으면 신나게 설명을 해 대는 왕년 노인이 고맙게 느껴진다.

하지만 왕년 노인은 설명을 할 기회가 없었다. 옆에서 경식의 혼잣말(?)을 들은 고른 백작이 이야기에 끼어들었기 때문이다.

"지금의 현 황제는 미쳤다네. 쿠데타를 일으키려고 하는 것은, 어찌 보면 우리가 살자고 하는 짓이라네."

—히잉…….

설명의 기회를 놓친 왕년 노인이 시무룩해 있건 말건, 고른 백작은 황제가 어떻게 미쳐 있는가에 대해 설명해 나가기 시작했다.

"황제는 마도국에 대한 증오심이 끝이 없는 사람이라네."

거기까지는 좋다. 라이벌 격인 마도국에 대한 증오심은, 마도국과 전쟁을 하는 동기부여가 된다는 것이기도 하니까 말이다.

"하지만, 그것이 너무 지나치지."

황제는 마도국에 대항하여 군대를 편성하고, 전장에 내보낸다.

원래 전쟁이란, 전장에 얼마나 뛰어난 무장과 병사를 내보냈느냐에 따라 판가름이 난다.

그리고, 황제는 그럴듯하게 군대를 편성해서 전장에 내보내 왔다.

하지만, 황제가 내보낸 군대는 마도국이 숨겨 놓은 마지막 한 수에 의해 역전되어 손해를 보는 일이 허다하게 일어났다.

"그건 황제의 잘못이 아니지 않나요?"

황제의 무능이나 아둔함을 탓할 수는 있지만, 전투에서 한 끝 차이로 연전연패 한다고 하여 그것을 미쳤다고 할 수는 없는 노릇이었다.

하지만 고른 백작은 여전히 고개를 가로젓는다.

"제국의 정보력을 무시하면 안 되지. 아무리 윗대가리가 거지같아도, 그 밑에서 일하는 이들이 훌륭하기 짝이 없으니 아직까지 제국 소리를 듣는 것이라네. 제국의 첩자들은 마도국에 잠입하여 여러 정보를 캐내어 왔고, 그 중엔 마도국이 다음 전쟁에 내보일 '비장의 한 수'를 알아낸 정보원도 존재했다네."

"그렇다면, 그다음 전쟁은 이겼나요?"

고른 백작이 한숨을 내쉬며 고개를 가로저었다.

"졌다네."

"황제에게 그 정보가 들어가지 않았던 건가요?"

"그럴 리 있겠는가? 내가 바로 옆에서 그것을 들었는데 말일세."

고른 백작 역시 후방에서 마나석을 캐내어 지원하는 일만 한 것은 아니었다. 그 역시 무장이고, 건실한 군대를 가지고 있다. 게다가 마도국에 대한 증오심 역시 여타 제국민과 같이 깊고 뜨거웠다.

그가 쿠데타를 생각하기 이전에는, 군대 최선두에 앞장서서 검을 휘두르는 무장이었다.

"정보원은 마도국의 술수를 낱낱이 황제에게 말해 주었지. 그리고 나를 포함한 몇몇 이들이 그 자리에 있었네. 정말 그것을 듣지 않았더라면 큰일 날 뻔했을, 그런 중요사실이었네. 전쟁을 대패할 뻔했지."

"그런데 졌다면서요?"

"그래…… 졌지."

그리고 그때의 일이 생각이 나는지, 고른 백작의 이마엔 굵은 핏줄이 도드라지고 있었다.

"모든 방비를 끝마치고 전장에 나갔었지. 모두가 함께 싸웠네. 제국의 명예를 걸고. 양립할 수 없는 마도국 녀석들의 씨를 말리기 위해서 말이야. 그리고 역시나 우리의 기세가 하늘에 닿았는지 마도국 놈들이 후퇴를 하기 시작하더군. 물론 그것은 함정이네. 우리를 꾀어낼 절호의 함정. 하지만 알고서도 갔지. 이미 마도국이 사용할 술수를 알고 있는 우리 아닌가? 대비책 역시 가지고 있었네. 그래…… 가지고 있었어야 했지."

하지만 황제가 직접 지시한 대비책이 담겨 있는 상자의 안은 다른 것으로 채워져 있었다.

"마도국의 흑마법을 방해할 그레이트 디스펠이 담긴 최상급 마나석이 있어야 했을 그곳엔······ 마도국의 치졸한 술수를 알아차리고 우리에게 이야기를 해 줬던 공작원의 머리가 들어 있었지."

"······?"

"어째. 당최 이해할 수 없지 않은가?"

그 후, 땅이 갑자기 모래가 되고, 푹 꺼지며 모든 것이 그 안으로 빨려 들어가기 시작했다.

물론 마도국의 병사들 역시 빨려 들어갔지만, 진형상 제국군의 주축들 전부가 같은 신세였다.

그리고 그 안에는, 거대한 개미귀신이 아가리를 쩍 벌리고는 떨어져 내리는 제국군을 기다리고 있었고 말이다.

그 거대한 한 마리가 먹어치운 제국군의 수는 수만에 이르렀다.

그리고 그들 모두가 기사병단이다.

자신의 아끼는 군대의 중축이 한 번에 무너지는 것을 후방에서 그대로 목도한 고른 백작의 눈엔 피눈물이 흘렀었다.

"그리고 상공에 나타난 건 수백 마리의 드레이크(점막날개가 달린 도마뱀. 크기는 비교가 되지 않지만 외형만은 드래곤과 닮아 있다) 부대였네. 그들이 우리들을 공격하기 시작했지. 속수무책이었네."

그때 살아남은 것은 기적이었다. 고른 백작과 일부 기사들만이 살아남아 수도로 도착할 수 있었다.

그때까지도 고른 백작은 의심했었다. 설마 황제가 그런 일을 벌였을까 싶어서였다.

많은 신료들 앞에서 황제에게 전투상황을 보고하는 가운데, 황제가 물었다.

"내가 주었던 상자는 쓰지 않았는가?"

전투의 열쇠를 쥐고 있던 그 상자.

그리고 고른 백작 역시 그것에 대해 할 말이 많았다.

하지만, 황제의 눈빛을 보고 입을 다물어버렸다.

황제는 그를 노려보았다.

그것은 분명, 산전수전 다 겪은 고른 백작이라 더더욱 잘못 읽을 수 없는 순수한 의도의 눈빛이었다.

적의.

'사건의 진상을 말하면 죽여 버리겠다'는 의미일 수도 있고, '네놈은 어떻게 살아 돌아왔느냐'는 눈빛일 수도 있다.

분명, 이곳에서 진실을 말하면 죽는다.

그의 오감은 그렇게 말하고 있었고, 부끄럽게도 거짓을 말해 살아남았다.

"그 이후, 나는 스스로 후방으로 물러나 영지 경영에 힘을 썼네. 그러면서도 촉각은 곤두세우고 황제의 행보를 지켜보

앉지."

황제는 계속해서 마도국에 군대를 보냈다.

그리고 항상 종이 한 장 차이로 깨졌다.

이전이라면 안타깝게 보았겠지만, 그 당시에는 황제의 교묘한 술수에 차라리 감탄하면서 상황을 지켜보았다.

공작원은 정보를 물어오고, 황제는 그 정보를 이용하지 않는다. 정보를 말한 공작원은 죽음을 면치 못했다.

그런 것들이 정보원들의 귀에까지 들어가자, 정보원들은 중요한 정보를 입수해도 말하지 않게 되었다.

군대는 계속 보내지고, 계속 연전연패를 거듭했다.

그 군대를 지휘하는 이가 떨어질 때 즈음, 황제는 자신들의 아들을 지휘관으로 앞세워 군대를 보냈다.

그리고 졌다.

지휘관인 황제의 아들 역시 그렇게 죽어갔다.

황제의 나이는 이제 80세이다.

황위를 한참 전에 내려놓아야 하는 그는 지금도 황관을 쓰고 마도국에게 제국군의 기사들을 바치고 있었다.

"그럴 만한 이유가 있을까요?"

"이유가 있다면, 미친 것이 아니겠지. 우리가 아는 사실은 단 한가지라네. 황제를 막아야 나라가 산다는 것. 하지만 그 뜻을 모두에게 전할 무렵, 큰일이 일어났지."

마도국에서 보낸 엄청난 군세가, 에리오르슈 가문의 영지에 쳐들어온 사건이었다.

황제는 아무것도 하지 않았다.

아니, 오히려 도와주었다.

기록에는 남아 있지 않지만, 도와주지 않고서는 가능하지 않은 엄청난 총공세였기 때문이다.

"자네도 알겠지만, 에리오르슈 가문의 영지는 제국 국경선에서도 한참 뒤쪽에 있지 않은가? 그곳으로 데스 워리어 6기와 8서클 흑마법사 3명. 흑마법사 500과 흑기사 1000기가 한꺼번에 공격해 들어왔네."

"헐."

엄청난 군대의 이동이었다.

"자신의 땅에서 일어난 일을, 황제가 모르고 있었으리라 생각하나?"

그는 알고 있었다.

"알고 있음에도, 에리오르슈 가문을 지켜 주지 않았네. 아니, 방치하고, 길을 터주었다고 생각하네. 그러지 않았다면 그 거대한 군세가 감쪽같이 에리오르슈 가문까지 갈 수 있었겠나? 없었겠지."

이유는 모르지만, 황제는 마도국에게 조금씩. 아주 조금씩 제국을 넘겨주고 있다.

그것이 고른 백작과, 쿠데타 세력이 내린 결론이었다.

"그리고 그런 황제가, 우리를 불렀군요?"

경식의 말에, 고른 백작이 이를 악물고 고개를 끄덕였다.

"통과!"

긴장감 속에, 그들은 검문소를 가볍게 통과했고, 황궁으로 향했다.

*　　　*　　　*

황궁은 거대했다.

살아생전 이렇게 크고 넓은 건물을 처음 본 것은 아니다. 그는 이곳보다 훨씬 과학문명이 발달하고, 토목기술이 발달한 곳에서 왔기 때문이다.

이곳이 바로 황제가 기거하는 곳이구나.

무척 아름다웠다.

하지만 경식은 그 생각을 바깥으로 드러내지 못했다.

모두가 어두운 표정으로 주변을 살필 뿐이다.

이들 대부분 그런 것에는 감응이 없었고, 조용히 내뿜는 기운은 비장하기까지 했다.

그런 분위기를 눈치 없는 행동으로 초치는(?)짓은 할 수가 없었다.

그들은 묵묵히 귀빈 대접실로 들어간 뒤, 짐을 풀고 차려 준 식사를 먹었다.

　최고급의 대접임에도 모두의 마음이 편치 않으니, 긴장의 끈을 쉽게 놓을 수 없었다.

　"흐음……."

　누군가가 옅은 한숨을 내쉬었다.

　경식은 그곳으로 고개를 돌렸고, 곧 슈아와 눈이 마주쳤다.

　'어린애는 어린애네.'

　슈아는 딱 보아도, 어른의 분위기 때문에 가만히 앉아 있어야만 하는 어린아이의 표정을 하고 있었다.

　경식은 그런 슈아의 어깨를 툭툭 건드렸다.

　'응?'

　슈아가 경식을 바라봤고, 경식은 싱긋 웃으며 바깥으로 나가자는 손짓을 했다.

　'그래도 돼?'

　슈아가 주변 분위기를 보며 속삭였다.

　경식은 어깨를 으쓱이며 그냥 자리에서 일어나 버렸다.

　"잠깐 나갔다 오겠습니다."

　"그러시게."

　모두들 저마다의 생각으로 바쁜 것이다.

하긴. 당장 내일 황제를 만나 어떻게 될지 모르는 상황인데, 다른 누군가를 신경 쓸 겨를이 없는 것이다.

'이제 됐지?'

경식의 속삭임에 슈아가 얼굴을 붉히며 고개를 끄덕였다.

모처럼 처음 와본 수도인데, 구경도 못 해 보고 가만히 있을 수는 없었다.

*   *   *

"너 6서클 마법사 아니었어?"

"응. 맞아."

슈아가 당연하다는 듯 말했다.

"마스터는 아직 멀었지만, 유저 수준은 벗어났어. 익스퍼트야. 술식은 이미 머릿속에 있고……."

"아니, 그런 걸 물어보려는 게 아니야."

경식이 슈아의 손에 들려 있는 솜사탕을 가리키며 키득거렸다.

"이게 그렇게 먹고 싶어서 뒤를 돌아볼 정도이니까 묻는 거야. 6서클 마법사랑 안 어울리잖아?"

그 말에, 슈아가 눈을 흘겨 경식을 바라봤다.

"마법사에게 당분은 중요해. 머리를 잘 돌아가게 하는 힘의 원천이거든.”

“그, 그래?”

“당분을 섭취하지 않았을 때와 섭취했을 때의 주문영창 속도는 달라져. 나의 경우엔 그게 심해서, 단 걸 먹기 전에는 1시간이 걸리는 주문영창도 단걸 잔뜩 먹으면 30분으로 줄어든다구.”

“대, 대단하네. 당분 녀석.”

그런데 지금 말하고 싶은 건 당분 쪽이 아니었는데?

“흥.”

슈아는 그리 말한 후, 솜사탕을 맛있게 뜯어먹었다.

경식은 그런 슈아를 보며 흐뭇한 미소를 지었다.

‘여동생이 있다면 딱 이런 느낌이겠지?’

경식의 속생각을 읽은 구미호가 쌍심지를 켰다.

[뭐? 나는. 내가 옆에 이렇게 버젓이 있는데!]

‘아니 넌 여동생이라기엔 좀…….’

2천 살이나 연상인 주제에 바라는 게 많은 구미호였다.

문득 걸어가다가 본 분수에 경식의 얼굴이 비쳐졌다.

그걸 본 경식이 어색한 듯 머리를 긁적였다.

“근데, 이거 꼭 해야 됐을까?”

지금 경식은 황궁을 벗어나자마자 슈아가 걸어 놓은 마법에 걸려 있는 상태였다.

트랜스폼 마법.

시전자가 원하는 시간 동안 피시전자의 모습을 바꾸는 마법인데, 수도에 얼굴이 알려진 경식에게 필요한 마법이기는 했다.

"아무리 필요해도, 황궁에 있을 때도 괜찮았는데 굳이 필요할까?"

슈아는 단호하게 고개를 저었다.

"그래도 모르는 거야. 오히려 황궁이라서 수배전단지 같은 걸 못 봤을지도 모르는 일이고. 등잔 밑이 어둡다고, 오빠 얼굴을 몰라본 거지. 오히려 바깥을 조심해야 할지도 몰라."

"흐음."

그것도 맞는 말이었다.

'하긴, 후드를 눌러 쓰는 것보단 이게 더 자유롭고 좋지.'

어쨌든 경식과 슈아는 이곳저곳을 돌았다.

수도의 주변은 아름답고, 신기한 것들이 많았다.

그중에는 현대문명을 살다가 온 경식에게도 신선한 것들이 많았다. 슈아를 놀게 해 주겠다는 생각을 품었던 경식마저, 종국에 가서는 함께 즐기며 이것저것 사먹고 놀았다.

어느덧 정신을 차리고 보니 해가 뉘엿뉘엿 저물어가고 있었다.

"슬슬 들어가야겠지?"

"아쉽다……."

"크큭. 사실 나도 그래."

그 말에 슈아가 피식 웃었다.

"하도 놀고 싶어 하길래 내가 같이 놀아 준 거야. 고맙지?"

울컥.

경식은 울컥했지만, 반발을 하려고 하는 찰나 '맞는 소리인 것 같기도 하고' 라는 생각이 들어 입을 다물었다.

"끄응. 이제 들어가 봐야 돼."

"응."

둘은 아쉬운 마음으로 주변을 둘러봤다.

주변엔 여전히 사람들이 와글와글했다.

분수대 옆에서 뛰노는 아이들. 그 아이들을 쫓아다니는 경비병. 상인. 여행자. 호객꾼 등, 수도는 정말이지 활기가 넘치는 곳이었다.

그러는 중, 경식은 무언가 그리운 풍경을 발견하고 만다.

빵 부스러기를 던져 주는 노인과, 그 앞에 모여들어 그것을 먹고 있는 비둘기들이었다.

"우와. 여기도 이런 늘어지는 광경이 존재하네."

"뭐가?"

"아니. 비둘기들 말이야."

경식이 그리 말하며 비둘기들에게 다가갔다.

비둘기들은 경식이 오건 말건 상관하지 않고 빵 부스러기를 쪼아 먹기에 바빴다.

노인은 그런 경식을 힐끔 쳐다보더니, 다시금 자신의 일을 계속했다.

그것은 빵 부스러기를 비둘기들에게 나눠주는 일이었다.

"홀홀홀. 그 녀석들 참 잘 먹네."

노인은 그런 말을 하며 계속해서 빵을 나눠 주었다. 그리고 경식은 그런 모습을 그냥 지켜보고 있었다.

단지 비둘기가 신기해서가 아니었다.

비둘기와 가까워지자, 무언가가 느껴졌기 때문이다.

'뭐지. 이 기운은?'

이 기운은 분명 소울에너지였다.

아니, 소울에너지이긴 한데, 무언가 때 묻지 않은. 인간이나 생물의 것이라기보다는 자연 그대로의 것이었다.

뭐랄까. 공기 중에 떠다니는 기운을 수천. 수만 배로 압축시킨 느낌?

과연 구미호도 느꼈는지, 경식에게 그런 말을 걸어왔다.

[너도 지금 느껴지니?]

'역시. 뭔가 있는 거지?'

[있긴 한데…….]

그때. 빵 부스러기를 나눠주던 노인이 노인과 슈아를 바라봤다.

"자네들."

"아……예?"

"네?"

"나는 이제 그만 돌아가 봐야 하네. 괜찮다면 이걸 이 녀석들에게 나누어 주지 않겠는가?"

노인이 반쯤 남은 빵을 내밀었다.

경식은 얼떨결에 그것을 받아 들었고, 노인은 허허롭게 웃으며 어기적어기적 걸어 사라졌다.

"얼떨결에 받아버렸네."

"뭐 하고 있어? 부탁 받았으면 해야지."

슈아가 멍하니 있는 경식의 손에서 빵을 빼앗은 후, 부스러기를 나누어 주기 시작했다.

모르긴 몰라도 꽤나 해 보고 싶었던 모양이다.

[우선, 주파수를 맞춰서 봐 볼까?]

'그러자.'

이곳에 처음 떨어졌을 때와 비슷한 상황이었다. 당시 구미호가 영적 주파수를 맞춰 주어서 왕년 노인이나 망령들을 볼 수 있었고, 이용할 수 있었다.

그때와 마찬가지로 구미호가 경식의 영력 주파수를 맞춰주자, 조금씩 뭔가가 보이기 시작했다.

기운.

투명한 듯한데, 형체가 있는 아지랑이 그 자체인 기운.

그 기운들이 밀집되어 형상을 이룬 기운!

그리고 그 형상은 바로……!

"비둘기!?"

[비둘기이?]

다른 비둘기들보다 통통하고, 배까지 나와 있는 요상한 비둘기였다.

경식과 구미호는 화들짝 놀라 그 비둘기를 보았다.

비둘기는, 아까부터 계속 경식 쪽을 퉁명스럽게 바라보고 있는 중이었다.

"구구구구."

"……."

뭔가 엄청난 힘을 내포하고 있는 비둘기였다.

그 비둘기는 경식을 다시 한 번 힐끗 바라보더니, 빵 한 조각을 동료에게서 빼앗은 후 총총걸음으로 무리에서 벗어나기 시작했다.

'뭐, 뭐야?'

[일단 따라가 봐봐.]

"나 잠깐 일이 생겨서 다녀올게."

그 말에, 슈아가 건성으로 대답하며 고개를 끄덕였다.

"금방 올 거지?"

"응. 그 빵 다 나눠주기 전에 올게. 안 오면 우선 성으로 들어가 있어. 경비병 얼굴 알지?"

"응. 통행증 있으니까 걱정 마."

경식은 슈아를 뒤로하고 비둘기를 쫓아 걸어갔다.

한참을 비둘기를 쫓아 걸어가는데, 비둘기가 힐끗 뒤를 돌아보았다.

흠칫.

경식은 비둘기가 날아서 도망갈까 봐 우려했지만 그것은 기우였다.

비둘기는 날지 않았다.

도망은 치는데, 날지 않는다.

총총걸음으로 계속 도망만 치고 있었다.

걸음을 빨리 하면 빨리 한 만큼 빨리 뛰고, 느리게 하면 또 힘이 드는지 똑같이 느려진 채 자기 갈 길을 가고 있었다.

'이건 뭐…… 한국에 온 것 같은 기분이잖아?'

한국의 비둘기들.

그들은 절대 날지 않는다.

정말 절체절명의 위기가 와도 다리를 이용해 통통 뛰기며 대부분의 것을 피한다.

저 녀석도 마찬가지인 듯했다.

그리고 경식은 한국에서처럼 날지 않고 우다다다 거리며 도망가는 비둘기의 궁둥이가 그의 성질을 건드리는 것을 느꼈다.

'이렇게 된 이상 전력으로 간다!'

경식은 소울 에너지까지 몸에 두른 채 녀석에게로 쏘아져 갔다.

3미터를 유지하던 둘의 간격이 단숨에 좁혀졌다.

아니, 좁혀지는 듯싶었다.

하지만.

두다다다다다다!

비둘기의 다리가 보이지 않게 되더니 쌩 하고 지나갔다.

이미 10미터 이상의 차이가 벌어졌다.

'뭐, 뭐야?'

놀라긴 했지만 몸이 먼저 반응했다.

그리고 여우구슬 안의 녀석들 역시 반응하기 시작했다.

[취이익! 나의 차례! 잘됐다, 너무 한가했던 차에! 취이익!]

한가하던 차에 잘 됐다는 투로 회색 바람이 말을 건넸다.

[너보.다는 내가 빠.르지. 나를 사용해.라. 요즘 너무 사.용 빈도가 낮아.지지 않았는가!]

그러자 붉은 어금니가 속도 운운하며 들고 일어났다.

[세다. 힘. 나는. 하지만. 아니다. 속도.]

투마는 속도는 자신 없다며 뒤로 물러났다.

[무슨 소리를 하시오, 다들? 이 푸른 허무가 이곳에서 가장 빠른 사람이라오. 아니 그렇소?]

'으음, 확실히······.'

속도 면에서는 푸른 허무가 가장 빠르다고 볼 수 있겠다.

정해진 이상 지체하긴 싫었다.

눈을 감고, 뜨자 그의 눈동자는 푸른색으로 빛난다.

씨익.

그는 몸이 깃털처럼 가벼워지는 것을 느끼며 앞으로 치달렸다.

조금 전 쫓아가던 속도보다 능히 5배는 빠른 속도가 되었다.

우다다 도망치는 닭둘기의 속도보다도 2배 정도는 빨랐다.

점점 둘의 몸이 가까워졌다.

"이 녀석! 뭐 하는 녀석이야!"

경식이 손을 뻗어 닭둘기에게 손을 뻗었다.

그리고 그 손끝이 닭둘기의 깃털에 닿았다.

"잡았다, 요놈!"

하지만, 잡았다고 생각한 순간이었다.

닭둘기의 날개가 활짝 펼쳐졌다.

그리고 닭둘기는 날기 위해 날개를 펴고, 위로 올린 후 아래로 내리 그었다.

단지 그 동작뿐이었다.

그 단순하기 그지없는 날갯짓에, 거대한 강풍이 경식에게로 몰아닥쳤다.

후와아아아아앙!

"우아아아악!"

경식은 정신을 차리자 자신이 하늘을 바라보고 있다는 것을 느꼈다. 그리고 그 하늘이 가까워지더니 급격하게 멀어지는 것 또한 느낄 수 있었다.

그는 지금 허공에서 추락하고 있는 것이었다.

'젠장!'

어떻게 된 건지는 모르지만 자신에게 처한 상황은 알고 있었다. 그는 재빨리 눈을 감았다 떴다.

푸른 눈동자가 회색으로 돌변했다.

돌덩이처럼 단단한 회색 소울아머가 등을 감쌌고 그것이 땅과 맞부딪쳤다.

콰앙!

푸다다다다닥!

근처에 있던 비둘기들이 전부 날아갔다.

"끄으응……!"

경식이 자리를 털고 일어나 주변을 둘러보았다. 주변엔 많은 사람들이 있었고, 모두가 깜짝 놀라 경식을 토끼 눈으로 쳐다보았다.

그리고 그 중엔 낯익은 얼굴도 있었다.

슈아가 얼떨떨한 눈으로 경식을 바라보고 있었다.

그렇다. 닭둘기의 날갯짓 한 번에 경식은 날려졌고, 그 결과 광장으로 다시 돌아온 것이었다.

"빠, 빨리 돌아왔네?"

"허, 허헛. 네가 걱정돼서 단숨에 날아왔지!"

[웃기고 있네. 아주 처참하게 날려져 놓고선.]

경식이 날아가는 속도가 워낙 빨라서 구미호는 거기에 속도를 맞추지 못했다. 결국 오랜만에 묶인 개처럼 질질 끌려온 터라, 기분이 몹시 나쁜 상태였다.

"도, 돌아가야지?"

"으응. 괜찮은 거지?"

"당연하지!"

경식이 씩씩하게 앞장 서 걸었다.

슈아는 그런 경식을 이상하게 쳐다보다가 총총걸음으로 따라간다.

경식은 꽉 쥐어진 자신의 주먹을 바라봤다.

주먹 사이엔 반투명하고 부드러운 깃털 하나가 하늘거리고 있었다.

그 미치도록 빠른 닭둘기의 깃털이었다.

'도대체 뭐였지?'

뭔지 모를 때엔, 알아내는 방법이 있다.

바로 에리카에게 물어보는 것이었다.

*　　*　　*

"닭둘기가 무엇이더냐?"

에리카가 물었다.

경식은 너무 자신이 편하게 설명을 한 것 같아, 다시금 그것에 대해 설명했다.

"아니 비둘기인데, 엄청 빠르고……."

"빠른 비행이더냐?"

"아니 그냥 다리가 엄청 빠르더라고……."

"비둘기가 말이더냐?"

"응."

"비둘기는 날개 달린 새이지 않느냐?"

"그렇지?"

"그런데 다리가 빠르더냐?"

"그렇더라고?"

"도대체 뭘 본 게야?"

"아니 그걸 몰라서 너한테 물어보려고…… 으음."

아무리 생각해 봐도, 에리카는 일전의 그 닭둘기에 대해 아는 것이 없는 듯했다.

아마, 회색 바람과 같은 경우일 것이다.

"흐음. 야생혼인 모양이구나."

"애완혼 야생혼 나누지 말라고 했지?"

"그거 말고 뭐 달리 있느냐?"

"으음……."

물론 당장에 생각나는 단어는 없는 것 같았다.

"그런데 정말 이상하구나. 날개 달린 새 모양을 한 영혼이라니 말이야. 비둘기가 영혼이 있다고는 생각되지 않는데?"

영혼의 크기는 지능과 어느 정도 비례한다. 뇌가 클수록, 영혼의 크기도 어느 정도는 맞아 떨어지게 커진다.

영혼의 의사전달을 알맞게 해야 하는 역할이 뇌이기 때문에, 뇌가 크다는 것은 그만큼 영혼의 크기가 크다는 것이고, 또한 뇌가 크다는 것은 지능이 그만큼 뛰어나고 이성적이라는 것이다.

그런 의미에서 지성체가 아닌 경우에 그 영혼은 그저 부유

하는 소울 에너지로 변화할 뿐, 죽은 후에도 뭉쳐서 자아를 유지하지 못한다.

"그러니 새 같은 경우엔 멍청하니까……."

"누가 새가 멍청하데?"

"응? 당연히 머리가 작으면 멍청한 거 아니더냐?"

에이, 너무 단순한 계산이다.

경식이 고개를 저었다.

"대한민국의 고등교육을 받은 내 생각은 조금 다르네, 소울메이트여."

비둘기는 꽤나 영리한 편이다. 그것은 까마귀 역시 마찬가지. 물론 닭같이 말 그대로 닭대가리가 존재하지만, 비둘기는 예외다.

"에…… 이야기가 이상하게 빠졌는데, 아무튼 비둘기 중가장 강한 객체가 영혼화 되었다거나……."

"그걸 말이 된다고 생각하면서 말하는 게냐?"

"……아니."

오크 중에서 가장 강한 객체는 회색 바람이었다.

트롤 중 가장 강한 객체 역시 붉은 어금니.

오우거는 트롤이다.

모두 원래부터 강한 종족.

비둘기는 전혀 다른, 사람들이 더럽다고 먹지도 않는 단순한 새였다.

그 새들 중에 가장 강해 봤자 지나가던 강아지한테 물려서 죽을 것이다.

그런 녀석이 영혼이 되어 살아가고, 또한 그토록 빠른 건 말도 되지 않는다고 봐야 했다.

"그리고 뭔가…… 지성체의 영혼이라기엔 너무 맑았다고 해야 하나. 개성이 없다고 해야 하나?"

"그건 무슨 말이냐?"

"닭둘기는 닭의…… 아, 아니 비둘기 형상을 하고 있긴 했는데…… 왠지 비둘기도. 아니 애초에 생물이었던 적도 없는 느낌이었어."

"비둘기가 죽어서 된 거라 하지 않았느냐?"

"그렇긴 한데, 뭐랄까…… 아!"

경식은 말하다가 무언가가 떠올랐는지, 눈을 감고 간절히 바라는 표정이 되었다.

그리고 그것은 자신이 쥐고, 지금은 주머니 속에 넣어놓고 있는 투명한 깃털을 상상하는 것이었다.

상상하는 것은 현실이 된다.

그런 방의 주인이기 때문에, 대충 형상과 느낌을 이곳으로 가져오는 것이 가능했다.

경식은 에리카에게 형상화된 깃털을 내밀며 말했다.

"내가 그 녀석에게서 깃털을 뽑았는데 말이야. 투명한 깃털이더라고?"

에리카가 그 깃털을 보며 고운 아미를 찌푸렸다.

"흐음. 상상해서 구현한 거라 제대로는 모르겠지만, 상당히 순수해 보이는구나. 잡념이나 사념의 원천이 아니다."

"그건 무슨 말이야?"

"확실하진 않지만, 애초에 생물이었던 적이 없는 영체란 말이니라."

생물은 태어난다. 그리고 사고한다. 살아가며, 죽어 간다.

그리고 원혼이 되어 떠돈다.

이게 영혼이 생기는 보통의 패턴이다.

그리고 이것을 사념에 의한 탄생이라고 한다.

주관적으로 보면 '나' 라는 위대한 자아이지만, 자연이라는 큰 카테고리로 볼 때, 그것은 그저 '생물의 사념' 정도이니, 사념으로 인한 영혼이 맞다.

그런데 이 깃털의 주인은 그렇지 않다.

사념이 모인 게 아닌, 뭔가 더욱 순수한 것이 모여서 생긴 영혼.

"아마…… 정령일지도 모르겠구나."

"정령?"

"확신은 이르다만, 우선 내 생각은 그렇구나."

"으음, 그렇군."

"그 영혼을 흡수하도록 해라. 어떤 영혼인지는 모르지만,
충분히 가치 있어 보이는구나."

그 말에, 경식의 표정이 묘해졌다.

해야 할 일이 2개가 된 느낌이다.

"흐음. 나중에 시간 되면. 지금은 그럴 때가 아니긴 하거
든. 우선순위를 따지자면 황제와의 일이 먼저니까…… 그 이
후에 생각해 봐야지."

"흐음, 황제라."

황제라는 말이 나오자, 에리카의 표정이 딱딱하게 굳었
다.

"씹어 죽여도 시원치 않을……."

"흐음."

하긴. 황제에 대한 감정이 좋을 리 없었다. 애초에 에리카
는 황제와 마도국이 합심하여 가문을 쳤다고 생각하고 있으
니 말이다.

'그리고 사실이겠지.'

고른 백작의 말까지 들어보면, 황제는 그저 미친 사람이
다. 뭔가 마도국과 손을 잡고 꿍꿍이를 벌이는 것일 수도 있
겠지.

'만나 봐야 아는 사실이겠지만.'

어찌 되었건, 경식은 에리카와 작별을 고하고 무의식에서 그의 의식을 떠올렸다.

아침이 밝아왔기 때문이다.

*   *   *

아침이 밝고, 시간이 흘렀다.

점심 즈음, 경식과 제이크. 슈아. 아란츠. 오르거 자작. 그리고 고른 백작은 한 곳에 모여서 이야기를 나누었다.

"황제가 잡아 왔다는 황태자라는 이. 그대가 아는 이름이라고 하였지?"

고른 백작이 경식에게 물었다.

경식은 침중한 기색으로 고개를 끄덕였다.

알스.

그에 대해 아는 것이라곤 구미호와 비슷한 '구각랑'이라는 녀석과 빙의하였고, 자신처럼 영혼을 찾아다니고 있다는 것. 그리고 마도국이란 곳의 왕자라는 것이 아는 것의 전부였다.

"그리고 저를 여러 번 죽일 뻔한 자입니다. 실지로 한 번은 말 그대로 죽었다가 다시 살아나기도 했었지요."

경식은 그때의 일을 떠올리며 고개를 회회 저었다. 다시는 생각하고 싶지 않은 죽음의 기억. 그리고 그 기억만큼, 경식이 알스에게 느끼는 적의는 뚜렷했다.

"하지만 지금의 저는 강해졌습니다. 아마 자웅을 겨뤄도 제가 이길 거라는 확신이 듭니다. 그런데⋯⋯."

그런 알스가 이미 붙잡혀서 황제의 수중에 생사여탈권이 쥐어져 있다고 한다.

"아무리 황제라도 그렇지⋯⋯."

황제에게 잡혔으면 진작 잡혔으리라. 왜냐면 알스는 마도국의 왕자임에도 불구하고 제국의 이곳저곳을 제집 드나들듯 휘젓고 있었기 때문이다.

"녀석은 강합니다. 그리고 그 녀석을 보좌하는 테카르탄이라는 자는, 그 녀석보다도 강합니다. 그런 녀석이 그렇게 순순히 잡힐 리 없습니다."

거의 확신에 가까운 어조로 경식이 말하자, 모두들 그 말에 동의하는 눈치였다.

"하지만 황제가 거짓말을 할 리는 없네. 더군다나 그런 거짓말을 해서 얻을 수 있는 게 없어."

오르거 자작의 날카로운 지적이었다. 그리고 그 말에 아란츠 역시 고개를 끄덕였다.

"그리고 그 귀족 전부를 부른 이유치곤, 마도국의 왕자 하나 공개처형 한다는 건 말이 안 돼요."

슈아의 말에 고른 백작이 고개를 끄덕였다.

"우선 모두를 불러 모아야겠는데, 마침 마도국의 왕자도 잡았으니 구색은 갖춰졌다는 느낌이로군. 다른 속내가 있다는 것이지."

거기까지 들은 경식이 묵묵히 고개를 끄덕였다.

"그 속내가 무엇인지에 따라, 우리의 행보가 결정될 것 같군요."

경식 일행의 각오는 상당히 비장했다.

최악의 상황. 즉, 황제가 쿠데타 세력을 모두 척살하려고 부른 것이라면 그에 대비해야 한다.

그러니, 철의 군대를 모두 끌고 온 것이다.

철의 군대라고 해 봤자 기사 100명이 전부. 기사의 숫자가 많기는 하지만, 수도까지 데리고 오지 못할 정도로 비약적인 숫자는 아니었다.

쿠데타 세력의 최종병기이지만, 남들이 보기엔 수가 조금 많은 기사단일 뿐인 것이다.

그리고 그 기사단은 경식이 들고 있는 흡혼석에 반응한다. 경식이 명령을 내리면, 대기하고 있던 기사단은 마치 한 사람처럼 움직여서 경식 일행의 도주를 도울 것이다.

"도주가 아니라, 암살도 한 방법이지 않은가!"

묵묵히 듣고 있던 제이크가 눈을 부릅뜨며 소리치듯 말

했다.

에리오르슈 가문이 몰락할 때 손가락 빨고 있던 황제다.

제이크가 황제에게 감정이 좋을 리 만무하다.

"쉿! 소리를 낮추게! 도대체 이곳이 무슨 놀이터라도 되는 줄 아는 겐가! 여긴 적진 한복판이라고!"

고른 백작이 주변을 둘러보며 다급하게 말하자, 제이크가 콧방귀를 뀌었다.

그걸 보며 경식이 생각했다.

'아니, 적진 한복판이라고 소리 지르는 사람도 정상은 아닌 것 같은데…….'

"흥! 황제의 목 따위. 언제고 벨 수 있었다."

"그, 그건 제이크 당신의 생각인 것 같아요. 성공한다 해도, 역적으로 쫓겨 살고 싶진 않습니다만."

"가문의 재건에 황제는 걸림돌일 뿐입니다! 언젠간 제거해야 할 대상입니다!"

"그래도 그게 지금은 아니지요. 그리고……."

'그렇게 되기 전에, 난 원래 세상으로 돌아가고 싶은데 말이지.'

경식은 마지막 말은 삼켰다. 그리고 경식의 말이 끝나기도 전에 고른 백작이 피식 웃었다.

"자네가 강하다는 건 알고 있네, 제이크. 하지만, 황제의 옆에는 검성이 있다는 사실을 잊지 말아 주었으면 하는군."

검성. 그것 말고도 소드 마스터 오브 소드 마스터. 그랜드 마스터 등, 지칭하는 별칭은 많다.

검성 르아르거.

이토록 많은 귀족들이 모이는 자리에 검성이 빠질 리 없다. 그리고 검성은, 황제를 시해하려는 이를 그곳에서 가만히 놔둘 리가 없는 것이다.

"흐음……!"

제이크는 르아르거의 이름을 듣는 순간 온몸이 굳어 버린 듯 숨소리조차 내지 않았다.

'천하의 제이크가 이런 반응이라니?'

검성이 나온 이후, 모두가 침묵을 지켰다. 검성이 황제와 뜻을 함께한다는 보장은 없지만, 만약 함께한다면, 최악의 상황이 벌어졌을 때 철의 군대가 나서도 무사히 탈출할 수 있을 거라는 확신이 없었기 때문이다.

임시회의는 그렇게 마무리되었다.

그리고 모두들 저녁에 있을 황제의 연회를 위해 혼자만의 시간을 가졌다.

그것은 경식 역시 마찬가지였다.

저물어가는 석양을 바라보며 경식이 왕년 노인에게 물었다.

"그 검성이라는 사람. 대단한 사람인가요?"

그 말에, 왕년 노인이 허허롭게 웃었다.

─먼 과거. 테르무그 그란츠와도 버금갈 만한 무력을 갖췄다는 소리가 있을 정도라네.

테르무그 그란츠.

제국의 개국공신으로, 테르무그 공작령의 선조이기도 하다. 사실상 인간이라는 생물의 서열 1위라고 경식은 들어왔고, 아마 그럴 것이다.

"그럼 강하겠네요?"

─흥! 헛소문일 뿐이지.

[헛소문이 아닐 수도 있잖아?]

가만히 있던 구미호가 그리 말하자, 왕년 노인이 인상을 팍 찌푸리며 말을 이었다.

─테르무그 그란츠와 비교하면 새 발의 피도 안 될 만큼의 무력을 갖춘 이지, 그 사람은! 이 세상에서 테르무그 그란츠와 비견될 정도의 무력을 갖춘 이는 없었다네. 기껏 해야…… 에리오르슈 가문의 초대 가주정도 되려나?

[뭐야. 왜 이렇게 그란츠 이야기만 나오면 귀를 쫑긋 세우고 정신은 쭈뼛 곤두세우는 건데?]

─에? 에에……에? 그, 그것은 허허!

"그렇다고 그가 약하진 않을 것 같은데요?"

경식의 구원과도 같은 말에, 왕년 노인이 반색을 하며 대답했다.

─약하진 않지. 적어도 몰락 직전 에리오르슈 가문의 가주인 라무와는 어깨를 나란히 할 수 있을 정도의 실력자이니 말일세.

"흐음."

제이크가 왜 아무 말도 못했는지 알 수 있을 것 같았다.

"그런 이와 목숨을 건 무언가를 할 수도 있다는 거로군요."

경식은 한숨을 내쉬며 창가를 보았다.

해는 어느새 모두 지고 달이 밝아오고 있었다.

*   *   *

"으음, 답답하긴 하네."

경식은 후드를 푹 눌러쓴 채 그렇게 말했다. 아무래도 현상금이 걸린 몸이다 보니, 변장을 하는 편이 나았다.

"마음 같아서는 오라버니한테 마법이라도 걸어주고 싶은데……."

슈아가 안타깝다는 듯 그렇게 말했다. 하지만 어쩔 수 없는 일이다.

이곳은 황제의 궁전.

마법을 쓰기 위해선 일종의 '마나코드'를 알고 있어야 하는 공간이었다. 그러지 않으면 모든 마법은 무효화 되고 만다.

'뭐랄까. 라디오 주파수 같은 거던데.'

어찌 되었건, 이 세계의 보안 같은 것이다. 마법은 양날의 검이니, 나쁜 의도로 사용한 마법이 발발하지 않도록 하는 것이다.

그 때문에 변화 마법을 받지 못한 경식과 제이크는, 적당히 후드를 눌러 쓴 채 테이블에 앉아 주변을 살폈다.

"그나저나 이곳 분위기가 좀 이상하네요."

모두들 웃고 떠들고 있었다. 분명 행복한 대화를 나누는 것처럼 보였다.

헌데 이상하리만치 위화감이 느껴지는 것은 왜일까?

옆에서 술을 홀짝이던 아란츠가 대답해 주었다.

"모두들 가면을 쓰고 있는 겁니다. '웃는 얼굴'이라는 가면을 말이지요."

미친 황제가 이곳으로 거의 모든 귀족들을 불러 모았다. 물론 거리에 따라 늦게 도착하는 이들도 있는 터라 연회는 15일 동안 이뤄지고 있었고, 지금은 딱 5일째 열리는 연회라고 하였다.

"아마 처음 연회에는 진심으로 웃고 떠들고 했을 겁니다. 좋은 음식에, 좋은 술과 음악이 있으니까요."

하지만 이들도 바보가 아닌 이상 왜 연회가 벌어지고 있는지 알고 있다.

15일 간의 연회.

도착하는 사람들은 더욱 많아지고 있다.

그리고 언젠간 이곳에 제국의 거의 모든 귀족들이 모일 것이다.

그리고 그때가, 이곳에 귀족들을 모은 황제의 본색이 드러날 때이다.

무슨 일이 일어날지 모르는데, 나가진 못한다.

그러한 상황이 마치, 돼지를 잡기 직전에 유독 배불리 먹이는 농부와 같아 보였다.

"불안해하는 것도 어찌 보면 당연하군요."

"그러니, 우리도 그냥 적당히 즐기면 되네. 황제가 올 때까지 말이야."

고른 백작의 말에, 오르거가 동의하면서도 눈빛을 빛냈다.

"그런데 이거, 오늘이 그날이 될지도 모르겠다는 생각이 듭니다."

그의 눈동자는 시종일관 한 사람을 바라보고 있었다.

모두의 시선이 그에게로 향했다.

밝은 은발이 인상적인 노인이었다. 얼굴은 노인인데, 머리카락은 마치 아이의 것과 같이 풍성하고 윤기가 흘렀다.

주름살만 보면 백발이 성성할 나이인데, 머리카락은 시대를 역행한 듯한 느낌이다.

다부진 몸 역시 마찬가지였다. 적당히 알찬 근육은 연회에 걸맞은 가죽 옷과 어우러져, 한 마리의 사자를 연상케 했다.

키는 170 중반쯤 되려나?

검 한 자루 쥐지 않은 그의 몸은, 잘 벼려진 검처럼 날카로운 예기가 가득 베어 나오고 있었다.

"누구……?"

경식이 고개를 갸웃하며 조심스레 묻자, 옆에서 그를 보좌하고 있던 제이크가 이를 악물며 씹어뱉듯 말했다.

"르아르거입니다."

"아아……!"

지난 5일간 단 한 번도 연회에 참여하지 않던 이가 모습을 드러냈다.

고른 백작이 얼굴을 굳히며 말했다.

"그가 황제의 편이라는 생각은 안 하네. 그 역시 현 황제가 미친 것을 알아. 하지만, 그렇다고 우리가 황제를 죽이려

할 때 가만히 있을 정도는 아니야."

설상가상으로 르아르거는 경식 일행이 있는 쪽으로다가 오고 있었다.

경식 일행에게 용무가 있다는 이야기였다.

처음 보는 자리인데, 용무가 있다.

경식일행에게 그것은 별로 좋은 신호가 아니었다.

여차하면 축제 분위기에서 검을 빼 들고 싸워야 할지도 몰랐다.

"흐음."

르아르거는 경식 일행에게로 다가와, 고른 남작을 바라본다.

"……."

둘은 아무 말 없이 서로를 바라봤다.

르아르거의 무표정이 처음으로 바뀌었다.

그것은 웃음이었다.

그는 오르거 자작을 바라보며 생긋 웃었다.

"허허! 소드마스터가 되었다니. 놀랄 일이로구면!"

"……르아르거…… 공작님을 뵙습니다."

오르거 자작이 경계를 하며 예를 취했다.

그것을 본 르아르거 공작이 아쉽다는 듯 말했다.

"흐으, 5년 만에 보는 자네에게서 이런 적대심을 느껴야만 하다니. 참으로 슬픈 일이야.”

“…….”

“그냥 반갑게 맞아줄 순 없겠나? 내가 설마 자네 목을 베러 왔겠어?”

르아르거는 알 듯 말 듯한 표정으로 오르거 자작을 바라보기만 했다. 오르거 자작은 르아르거의 의중을 파악하지 못해 죽을 맛이었다.

“무, 무슨 말씀이신지…….”

“천하의 고른 백작이 말까지 더듬다니. 허허, 이거 원?”

그리 말하며, 르아르거는 손을 내밀었다.

악수의 의미다.

하지만 그것을 선뜻 잡을 수 없는 것이 오르거 자작의 입장이었다.

“허! 내가 건넨 손. 안 잡을 텐가? 내가 이 손으로 검을 쥐어야만 하려나?”

스으읏!

부지불식간에 밀려드는 무언의 기운!

‘살기인가!’

오르거 자작은 눈을 부릅뜨며 뒤로 물러나려 했지만, 곧이어 몸의 긴장을 풀 수밖에 없었다.

뿜어져 나온 것은 살기 따위의 저급한 것이 아니었다.

의기.

자신의 마음을 상대방에게 그대로 전하는 것이었다.

기운도 뭣도 아닌, 감정의 전달.

그것은 소울 에너지와는 또 다른, 마나보다 한 차원 높은 에너지였다.

오르거 자작은 검성의 손을 덥석 잡을 수밖에 없었다.

"오, 오랜만에 뵙습니다."

"실로 오랜만이지. 그새 소드마스터가 되었다니. 이거 제국의 홍복이 아니고 무엇이겠는가?"

"……."

"왜 황궁에 보고를 하지 않았나? 내가 직접 가서 축하해 줬을 것을! 자네는 내 이름과 왠지 어감이 비슷해서 남 같지가 않던 차에 말이야!"

"아…… 죄, 죄송합니다."

르아르거는 유쾌하게 말을 내뱉고 있었다.

뭐랄까…… 친할아버지에게 옛날이야기를 듣고 있는 듯한 친근함이랄까?

하지만 그 어감에 담긴 말은 결코 부드러운 것이 아니었다.

"뭐! 그럴 수도 있지! 보아하니 소드마스터가 된 지 얼마 되지도 않은 모양이고 말이야. 게다가 황제에게 솔직히 말하기도 조심스러웠을 거야. 지금의 황제가 엔간히 미쳤어야 말이지."

"그, 그⋯⋯!"

르아르거가 지금 한 말이야말로 오르거가 하고 싶었던 말이었지만, 그는 몹시 당황했다. 그런 말은 황제의 가장 강력한 무력인 르아르거가 하면 안 되는 말이었기 때문이다.

그걸 아는지 모르는지, 르아르거는 연신 하품을 해대며, 경식 일행을 둘러보았다.

그의 눈이 고른 백작에게로 향했다.

"자네가 쿠데타 세력의 주축이지?"

"⋯⋯."

"뭐, 사실 이건 눈치 조금 빠른 이들은 다 알 수 있는 사실 아닌가? 공공연한 비밀 같은 거 말일세. 그러니 너무 놀라 말게나."

"그, 그게⋯⋯."

하긴. 공공연한 비밀이기는 했다. 사실 고른 백작은 제국에서도 없어선 안 될 존재라서, 알면서도 묵과하고 있을 뿐이다.

"어차피 자네가 모아서 하려는 쿠데타. 그 세력 중에 잔챙이들만 모두 추려내면, 자네는 덩치 큰 허수아비에 불과하니까 말일세. 황제도 그쯤은 다 알고 있다네. 잔챙이들의 명단을 제대로 파악하지 못해서 그렇지."

"아, 아니 그……."

말 그대로 어버버버였다.

다 큰 성인이 할 말을 잃고 입만 벙끗 거리는 것도 쉽지 않을 것이다.

공공연한 비밀.

하지만 그것도 비밀이긴 비밀이다.

그것을 직접. 그것도 마음만 먹으면 지금 이 자리에서 자신의 목을 딸 수 있는 자가 말하다니.

순간 목이 시큰거렸다.

단두대에 목을 걸친 것처럼 소름이 끼쳤다.

그러거나 말거나 검성의 표정은 시종일관 해맑았다.

그의 시선이 얼굴을 푹 숙이고 있는 세 명. 경식과 제이크. 그리고 아란츠에게로 향했다.

"공작의 일은 애석하게 되었네, 아란츠."

"사, 사람 잘못……."

"우리 사이에 이러지 말게. 다 자네를 위해서 하는 말이야. 곧 자네도 소드마스터가 눈앞이로군?"

"……?"

자신이 소드마스터가 곧 될 거라는 말을 검성한테 듣는다.

상황이 이상하지 않았더라면 분명 좋아서 춤이라도 추었을 것이다.

　"소드마스터가 눈앞일세. 앞으로는 거짓말이나, 하고 싶지 않은데 억지로 하는 행동은 삼가게. 자네의 검로는 올곧아. 그런 자네에게 뒤틀린 감정은 위로 올라가는 데에 방해만 될 뿐이야."

　"……어버버버."

　"그래, 그 어버버버. 지금 그걸 내가 즐기는 것일세. 허허. 그렇지 않은가, 덩치 큰 제이크?"

　"……흐음!"

　제이크가 눈을 부릅떴고, 검성 르아르거는 그런 제이크의 어깨를 팡팡 두들겼다.

　"그새 많이 야위었구먼?"

　"……당장 그 손을……."

　"아이고 치워야지! 천하의 제이크가 하는 말인데 말일세. 그런데 소울이터는 어디다가 팔아먹고 왔는가? 아아, 눈에 띠지 않겠답시고 그렇게 한 게야? 이 사람아. 자네만큼의 덩치를 가진 이가 이 대륙에 몇이나 되겠는가?"

　"그, 그……!"

　"헐헐. 농담일세. 농담이야."

　쓰다듬 쓰다듬.

그리 말하며 르아르거는 경식 일행이 앉아 있던 원탁을 매만졌다.

갑자기 원탁을 매만지며 의미심장한 미소를 짓는다.

소울이터가 그 밑에 숨겨져 있는 걸 이미 알고 있다는 증거였다.

"나에게 그리 좋은 감정 없는 거 아네. 에리오르슈 가문에 대해선 나도 할 말이 없어."

그 말에, 제이크의 눈동자가 활활 불타올랐다.

"전대 가주님과, 친했다 들었소."

"친했지. 아주 친했지."

"그런데, 가만히 있었소?"

르아르거의 표정이 애석하게 변했다.

"……그럴 만한 사정이 있었지. 관여하고 싶지만, 그럴 수 없는…… 그런 사정말일세. 그리고 지금 역시 그러한 사정 때문에 이곳에 있는 것일세. 자네들이 경거망동 하지 말라고 말일세."

그리 말하며, 검성은 경식을 바라보았다.

경식의 새까만 눈동자와 검성의 회색 눈동자가 서로 마주쳤다.

"자네가 에리오르슈 쿠드인가? 에리오르슈의 새로운 적자치고는 상당히 어린 나이로군?"

"……."

경식은 어떤 말을 해야 할지 몰라 가만히 있었는데, 르아르거는 그런 경식의 왼쪽 어깨를 바라보며 기묘한 표정을 지었다.

"저건, 구각랑인가? 그럴 리가 없는데 말이야."

그 말에 구미호가 화들짝 놀란다.

[뭐, 뭐야. 내가 보여?]

"말도 하는군. 목소리를 듣자 하니 귀여운 아가씨인 것 같은데, 아니 그런가?"

검성은 구미호의 모습을 볼 수 있는 모양이었다.

"그리고 그 옆에는……?"

왕년 노인을 마주한 르아르거의 눈동자에 아주 잠깐 파란이 일었다가 잠잠해졌다.

"참으로 주책맞은 노인네가 있었군?"

—헐헐헐헐. 구 선생을 볼 수 있으니 나를 보는 것도 놀라야 할 일은 아니지.

왕년 노인의 말에, 르아르거는 알 듯 모를 듯 말했다.

"흐으…… 뜻이 있는 곳에 길이 있노라. 당신이 무엇을……."

—헐헐. 그저 촌부일 뿐일세.

"그렇다면야 그런 거겠지."

"……지금 무슨 소리를 하는 겁니까?"

경식이 고개를 갸웃하자, 르아르거가 피식 웃으며 고개를 저었다.

"아무것도 아닐세. 그저, 나는 자네들에게 인사를 하러 왔다네. 그리고 또한, 주의를 주러 왔지."

"주의……말입니까?"

"그렇다네. 주의. 말일세."

거기까지 말한 르아르거의 눈매가 가늘어졌다.

"확실히 지금의 황제는 이상하네. 나보다 24살이나 연하인 녀석이. 아주 통탄할 일이야."

"……."

"하지만 이 제국은 엄연히 황제의 가문의 것. 내가 이래라저래라 할 수 있는 권한은 없지. 오히려 전대 황제의 부탁으로 어느 정도 묶여 있는 부분이 있다네. 오늘도 그 때문에 이곳에 온 것이고 말일세."

"그게 무슨 말이십니까?"

"나도 이곳에 별로 오고 싶지 않았다는 이야기일세."

그의 얼굴엔 언짢은 기색이 역력했다.

"황제가 내게 부탁하더군. 자네들이 날뛰면 죽이라고 말이야."

"……."

너무 직설적으로 말을 하여 놀랄 틈도 없었다.

"그러니 얌전히들 있게. 모르긴 몰라도, 황제 역시 자네들에게 해코지 할 생각은 없을 거라네. 그래도 이번엔 제대로 무언가를 하려는 모양이니, 거기에 동참을 해 줘야겠지."

거기까지 말한 검성 르아르거는 시선을 돌려, 연회장의 입구를 주시했다.

곧이어 그곳으로 일단의 무리가 걸어 들어오는 것이 보였다.

오만한 눈빛으로 좌중을 살피는 강퍅한 인상의 노인.

제국의 황제.

크래프트 3세였다.

'저 사람이 미친 황제로군.'

경식은 그런 황제를 자세히 살폈다.

겉보기엔 그저 촌구석의 노인처럼 생겼다. 화려하고 펑퍼짐한 옷을 두르고 있어 자세히 볼 순 없지만, 몹시도 왜소해 보였다.

하지만 역 팔자로 휜 짙은 눈썹과, 많은 나이에도 불구하고 곱슬곱슬한 머리카락은 새카맣게 물들어 있었다.

전체적으로, 알 수 없는 힘을 두르고 있는 느낌이랄까?

굳이 계속 지켜보고 싶지는 않은 얼굴이었다.

옆에 있던 검성이 옅은 한숨을 내쉬었다.

"흐음. 가 봐야겠군······아 참."

뒤돌아선 르아르거가 아란츠를 동정 어린 시선으로 바라봤다.

"이번 일을 잘 이겨내야, 자네에게 미래가 있을 걸세. 현명하게 판단하게. 올곧게 나아가라 말해 놓고서 이런 말을 하려니 참 겸연쩍구먼."

"그게 무슨······?"

아란츠가 무슨 말이냐고 대답을 하기도 전에, 검성 르아르거는 이미 크래프트 3세의 옆으로 이동해 있었다.

말 그대로 눈 깜짝할 사이에 벌어진 일이었다.

그러고는 고개를 숙여 예를 갖춘다.

"황제 폐하를 뵙습니다."

검성이 예를 갖추자, 모두가 황급히 고개를 조아렸다.

황제 폐하를 뵙습니다!

물론 경식 일행 역시 고개를 조아린 상태였다.

조아린 상태에서, 경식은 황제를 주시했다.

황제. 크래프트 3세는 좌중을 둘러보더니 씨익 웃었다.

꿈에 나올까 걱정될 정도로 인상이 찌푸려지는 종류의 웃음이었다.

"모두들 이곳에서 먹고, 즐기고 있군. 이곳에 모인 이유는 무엇인가?"

자신이 불러놓고 저런 말을 하고 있다.

모두가 입을 다물고 아무 말도 하지 않자, 황제가 직접 입을 열었다.

"짐이 불렀기 때문이고, 그 이유는 이미 모두에게 말한 바 있다."

여전히 아무 말 없었다.

그리고 그것은 황제와의 대화에서 가장 필수 덕목이자, 당연한 분위기이기도 했다.

말을 하는 자는 눈에 띄게 되고, 그런 자는 언제고 죽게 되어 있다. 이 제국을 위해 황제에게 쓴소리를 아끼지 않던 모두가 그렇게 죽어갔다.

여전히 입을 여는 건 황제뿐이었다.

"마도국의 황태자를 잡았다. 이름은 알스. 저주스러운 마도국 총수의 직계 자식이지. 잡아들이느라 애를 많이 먹었다."

그 말에, 경식의 표정이 묘해졌다.

'진짜 잡히긴 잡혔나 보네.'

이유 없이 착잡했다.

옆에서 그 생각을 들은 구미호가 은근한 어조로 말했다.

[그는 나의 먹이였는데~ 같은 만화 주인공. 아니, 주인공의 적이나 할 법한 생각을 하는 거양?]

'……어휴.'

딱히 틀린 말은 아니라 그냥 가만히 있기로 했다.

둘이 그러건 말건 황제의 말은 계속 이어졌다.

"그 녀석을 정확히 10일 후에 공개처형 한다. 아마 마도국
에서도 알고 있겠지. 나의 아들이 죽을 때 느꼈던 고통을, 마
도국의 총수 그 녀석도 느낄 것이다."

차앙!

황제가 검을 들었다. 찬란하고 화려한 검은, 황제의 깡마
른 손과 너무나도 어울리지 않았다.

그리고 풍기는 기도 역시, 황제라고 하기엔 볼품없는 수
준.

하지만, 그 퀭하고 죽은 물고기 같은 눈동자는 보는 이로
하여금 왠지 모를 소름을 끼치게 한다. 그리고 그 정체를 알
수 없는 힘에 많은 이들이 굴복하고 있는 것이고 말이다.

"모든 이가 보는 앞에서, 마도국의 황태자를 죽일 것이다.
그리고 모든 군대를 총동원하여, 이번에야말로 기필코 마도
국과 사생결단을 낼 것이다. 그러기 위해서, 그대들의 힘이
절대적으로 필요하다."

마도국 황태자의 공개처형.

그 후 벌어질 대규모의 전쟁!

"모든 귀족이 보는 앞에서 황태자를 처형한다. 그리고 빠

른 시일 내에 군대를 편성하여 마도국으로 진군해 들어간다. 모두, 영지를 지킬 최소한의 군대를 이번 전쟁에 투입하는 것이 좋을 것이다. 나 역시 그리할 것이고, 옆에 있는 검성 르아르거 역시 이번에 목숨을 걸 것이다!"

요약하자면 이거였다.

황태자를 죽이고, 적이 바짝 약이 올라 있을 때 공격해 들어간다. 황제의 전 병력과 귀족 세력들의 전 병력을 합쳐서 한꺼번에 밀고 들어간다.

참으로 무식한 방법이 아닐 수 없었다.

하지만, 달리 생각해 보면 무식한 방법이기 때문에 예측하기 힘들다.

"그들은 예측하지 못할 것이다. 아니, 예측을 하더라도 어찌할 수 없을 것이다. 마도국이 강한 이유는 흑마법이라는 예측 불허의 것이 있기 때문이다. 하지만 그 거대한 군세가 한꺼번에 몰아친다면 다르겠지."

'수에는 장사 없다 이건가.'

하긴, 정말 숫자에는 장사가 없다. 경식이 살던 한국에서도 높은 전투력을 자랑하는 미군이쪽수로 밀어붙인 중국의 전술에 후퇴를 했던 실 예가 있었고 말이다.

'그게 바로 인해전술이지.'

모르긴 몰라도, 마도국보다 제국의 인구수가 2배는 더 많은 모양이었다. 그러니까 이런 바보 같은 전략을 내세우는 것 아니겠는가 말이다.

그리고 그 바보 같은 전략은, 실현만 된다면 꽤나 해볼 만해 진다.

물론 그로 인해 엄청난 희생자가 동반되겠지만 말이다.

하지만 그 말에, 이의를 제기하는 귀족이 있었다.

다름 아닌, 고른 백작이었다.

"마도국의 장기는 흑마법입니다. 인간이기를 포기한 이들의 강력한 마법. 그것 때문에 3배가 넘는 병력차이에도 불구하고 대패한 적이 한두 번이 아닌 걸로 압니다."

마계의 마물을 소환하는 것은 예삿일이다. 지형 자체를 소환하여 주변을 마정지지로 만들어 그 땅을 밟은 모두를 광전사로 만드는 기괴한 술책을 당한 적도 허다했다.

그러니, 인해전술은 통하지 않는다고 고른 백작은 말하고 있는 것이었다.

그 말에, 황제가 고른 백작. 즉, 경식 일행이 있는 곳을 주시했다.

"고른 백작. 날 믿지 못하는가?"

"그렇습니다. 전혀 믿지 못하겠습니다."

"후후후후."

황제의 입꼬리가 기괴하게 말려 올라갔다.

"자네와 일단의 세력이 반란을 꾀하고 있다는 걸 나는 알고 있다."

"……."

웅성웅성.

공공연한 비밀이라 했지만 그것은 황제와 고위급 귀족들이 아는 이야기이지, 중하위권 대부분의 귀족들은 이 엄청난 이슈에 찢어져라 눈을 부릅떴다.

고른 백작이 아무 말도 없자, 황제가 이죽거렸다.

"숨기려 하지도 않는군."

"이미 알고 계시는데 무엇 하러 숨기겠습니까?"

"반란을 하려는 이유는?"

"당신이 미쳤기 때문입니다."

"……."

좌중은 바늘 하나 떨어져도 그 소리가 울릴 만큼 조용해졌다.

"하하. 그래, 짐이 미쳤다고 하는데, 변명거리가 다 궁색하게 느껴지는군."

황체는 지금껏 마도국과 수십 차례에 걸쳐 전쟁을 해 왔다. 어느 때는 작게, 어느 때는 대규모 병력이 서로 죽고 죽였다.

자잘한 전쟁은 이긴 적이 몇 번 있다.

하지만, 큰 전쟁에서 언제나 지고 만다.

그것도 군사력이 문제가 아니었다.

"마도국의 앞 수를 듣고도 그것에 대응하지 않고 모두를 전장에 내몬 것. 진군해야 할 가장 중요한 시기에 회군을 명령했던 것. 심지어 당신은 그런 말도 안 되는 전쟁에 친 혈육을 내보내어 죽게 만들었습니다."

모든 걸 순순히 듣고 있던 황제의 눈동자는 친 혈육 이야기가 나오자마자 끈적끈적한 살기를 띠었다.

"결과를 가지고 과정을 추론하지 말라. 내가 설마 내 아들을 사지로 몰아넣었다 말하는 것인가!"

"······."

고른 백작은 입을 꾹 다물었다. 마음 같아서는 그렇지 않느냐고 따지고 싶었지만, 그 한 마디로 인해 모두를 위험에 빠지게 할 순 없었다.

따지고 보면 황제에게 감히 말대꾸를 하는 지금 이 상황도 그리 안전한 상황은 아니었다.

"그대가 믿는 것과 다르게, 나는 미치지 않았다. 물론 실수를 하였고 그로 인해 많은 것을 잃었지만, 짐은 미친 것이 아니다."

그 말에, 제이크의 눈이 부지불식간에 부릅떠졌다.

"그렇다면! 에리오르슈 가문의 몰락을 지켜보고만 있던

건 어떻게 설명할 것인가!!!!"

제이크의 일갈에 좌중의 시선이 그에게로 꽂혔다. 거대한 목소리에 놀란 것이다.

하지만 가장 놀란 것은 제이크 주변에 있던 나머지 일행이었다.

심지어 황제와 맞대면을 하던 고른 백작조차 뜨억한 표정으로 제이크를 바라볼 뿐이다.

경식 역시 자신도 모르게 소리쳤다.

"지금 이 상황에서 뭐하는 짓입니까! 생각이 있나요!"

경식은 에리오르슈 가문의 적자이고, 이곳에 나름 몰래 온 것이다. 아무리 황제가 자신들의 존재를 알고 있다 하더라도 조심에 조심을 기해야 하는 상황인데, 이렇게 질러버리면 어쩌자는 것인가?

당황하고 있는 가운데, 크래프트 3세는 경식과 제이크를 번갈아 바라보며 말했다.

"에리오르슈 가문의 일은 안타깝게 되었다. 하지만 그것이 나의 탓은 아니다. 나는 분명……으으음!"

크래프트 3세는 말을 하다 말고 이마를 짚고 휘청거렸다.

검성이 그런 황제를 부축해 주었다.

"크허억! 아, 안 돼. 끄으으으으읏!"

황제의 눈에 핏대가 섰다. 몸이 뒤틀리며, 벌어진 입에서 무언가가 뿜어져 나왔다.

투욱—!

그것은 시커멓게 죽은 피였다.

"크허. 허어어어어어. 허어. 허어어. 허어어어어어……."

안 그래도 늙은 황제가 한숨을 내쉴 때마다 10년씩 늙는 것만 같았다.

모두가 그 광경을 지켜보았다.

경식 역시 그것은 마찬가지였다.

모두들 놀랐지만, 경식만큼 놀란 사람은 없을 것이다.

황제에게서 뿜어져 나오던 음침한 기운.

그것이 황제의 입을 통해 토해진 검은 피로 하여금 모두 빠져나간 것이다.

그리고. 황제의 창백했던 얼굴에 혈색이 돌기 시작했다.

위이이잉.

검성이 크래프트 3세의 손목을 잡고 기운을 불어넣어 주자, 황제의 눈동자에 빛이 서리기 시작하더니, 구부정한 자세가 올곧게 펴졌다.

그곳에 다시 선 황제는,

뭐랄까.

전혀 다른 사람이었다.

'도대체 이게 무슨 일이지?'

경식이 혼란스럽건 말건, 갑자기 정정하고, 성스러움까지 느껴지는 황제가 계속해서 말을 이어 갔다.

"어찌 되었건…… 그 건에 대해서는…… 그럴 이유가 있었다. 나 또한 거대한 전력을 잃은 것이 안타깝다."

그야 에리오르슈 가문이 몰락한 후부터 마도국에게 연전 연패 당하고 있으니 당연했다.

그 이유라는 것이 무엇이냐고 제이크가 따지기도 전에, 황제가 품 안에서 무언가를 꺼내 들었다.

"고른 백작. 그대가 말한 것에 대한 대답을 해야 할 것 같군. 마도국의 사이한 흑마법. 그것을 어떻게 막아야 하느냐고 물었었지."

황제가 들어 올린 것은, 웬만한 남자 주먹보다 거대한 푸르른 보석이었다.

그것을 본 모두가, 강력하게 반발하려던 제이크마저 탄성을 내지를 만큼 아름다운 보석이었다.

경식 역시 아름답다 생각했지만, 남들과 생각이 조금 달랐다.

'저거, 본 적이 있는 녀석인데?'

분명 그때 봤던 그 보석이 맞았다. 물론 당시엔 저토록 영롱한 빛이 뿜어지진 않았다. 오히려 혼탁한 빛을 뿜어내고 있었지만 같은 보석임에 틀림없었다.

"저건 분명 테르무그 공작령에서 보았던……?"

경식의 시선이 자연스레 아란츠에게로 향했다.

저것은 분명 테르무그 가문의 가보라고 전해져 오는 물건이었다.

바로 드래곤 하트.

으드득!

아란츠의 이마에는 굵은 심줄이 거미줄처럼 돋아났다. 검을 쥔 손 역시 부들부들 떨리는 게, 당장이라도 검을 뽑아 황제에게 달려들 것만 같았다.

"그것은 나의 가문의 가보입니다! 아무리 당신이라도 그것을 들 자격은 없습니다!"

기어코, 아란츠가 소리를 지르고 말았다.

황제의 옆에 있던 르아르거의 얼굴에는 의미 모를 미미한 웃음이 지어졌다.

"저자를 어떻게 할까요?"

그 말에, 황제가 미미하게 고개를 저었다.

"내가 이야기하겠다."

"그러시지요."

황제가 아란츠를 보았다.

아란츠 역시 황제의 눈을 피하지 않았다.

"그대가 이곳에 온 것을 알고 있었다."

"……."

"찾아간 공작의 저택에는 반란을 도모했던 여러 가지 정황적 증거. 물질적 증거. 그리고 공작의 시체와 그의 옆에는 이것이 있었다. 자네 가문의 보물. 드래곤 하트가 말이다."

테르무그 그란츠가 잡았다고 전해지는 블루 드래곤 제르거트. 그리고 그 제르거트에서 적출한 것이 바로 이 드래곤 하트였다.

"이 드래곤 하트를 이용하면, 이 세상에 있는 모든 마법을 무효화 시킬 수도, 그 반대로 만들 수도 있지. 그렇지 않은가?"

그 말에, 아란츠가 악에 받쳐 외쳤다.

"당신은 그 고귀한 것을 들 자격이 없습니다! 그리고 이곳에 있는 모두가 그렇게 생각하겠지요!"

테르무그 그란츠.

전설적인 인물.

모두가 그의 무용담을 찬양한 바드들의 노래를 들으며 자라난 세대였다.

영웅.

그리고 영웅적인 행보.

드래곤 하트.

그것은 테르무그 가문의 가보가 되어 전승되었다.

아무리 황제라도, 그것을 취하기엔 명분이 부족했다.

하지만 황제는 전혀 동요하지 않았다.

"드래곤 하트 주변에 마법진이 그려져 있더군. 조금 더 조사해 보아야 알겠지만, 일단 그것은 흑마법의 흔적이 분명했다."

"……그것은!"

"더 말해야 하는가! 백 명이 넘는 처녀들이 그곳에서 말라 죽어 있었다는 사실까지 말인가!"

"……!"

웅성웅성.

그곳에 있던 모두의 표정이 경악으로 물들었다.

최근 수도의 분위기를 흉흉하게 만들었던 사건.

처녀납치사건.

그 처녀납치사건의 범인이 밝혀지는 순간이었기 때문이다.

대부분이 평민 출신의 처녀가 잡혀갔겠지만, 전부는 아니었다. 귀족가의 처녀 역시 존재했다.

그리고 실지로, 이 파티에 참석한 이들 중 몇몇의 얼굴이 살기로 물들기 시작했다.

자신들의 자녀 역시 실종되었기 때문이었다.

"……."

아란츠는 그 모든 시선을 받아 내며, 황제만을 찢어 죽일 듯 노려봤다.

"그대의 가문은 흑마법에 손을 대었다. 반란까지 하려 하였다. 그것은 무엇을 뜻할까?"

"그, 그건 모두 모함입니다. 설명을 하자면 길지만…… 오해입니다. 오해……!"

"그것은 본좌가 판단할 일!"

아란츠의 말을 황제가 잘랐다.

"아직도 모르겠는가? 지금 그대가 이곳에서 숨을 쉴 수 있는 것은, 나의 자비에서 비롯된 것임을?"

"……!"

"테르무그 가문이 이 제국에 공헌한 바가 크기 때문이니, 그대는 그대의 조상에게 감사하며, 영원히 속죄해야 할 것이다."

꽈아아악!

검을 쥔 아란츠의 손이 부들부들 떨려 왔다.

그에 맞춰, 르아르거의 눈매 역시 가늘어졌다.

경식이 그런 아란츠의 등에 손을 얹었다.

눈이 마주치자, 경식은 굳은 얼굴로 고개를 저었다.

안 됩니다.

아란츠는 금방이라도 울 것 같은 표정으로 경식의 얼굴을 마주 보다가, 이내 고개를 떨어트렸다.

"흐음."

그것을 확인한 황제가 다시금 고른 백작에게 말했다.

"이유에 대한 충분한 설명이 되었는가?"

"……."

"원래는 짐을 칠 요량으로 최종병기처럼 모셔놓은 듯하나, 이제 짐의 손에 이것이 들어왔으니, 어쩔 것인가?"

점점, 황제의 기세가 좌중을 압도하기 시작했다.

황제가 큰 목소리로 외쳤다.

"짐은 늙었다!"

"……?"

"친 혈육은 모두 죽었다!"

"……."

"보다시피 나는 피를 토하는 노인에 불과하다!"

"……!"

모두의 눈이 부릅떠졌다.

황제의 올곧고 나이답지 않은 낭랑한 목소리가 연회장을 가득 메웠다.

"그리고, 나 역시 나의 옳은 판단이 이번이 마지막일 것이라는 것을 안다. 내 통치 하에 대부분 치세를 이룩했지만, 말년에 내 꼴이 이렇게 될 줄 누가 알았겠는가!"

파각!

황제가 검을 들어 바닥에 박았다.

검은 어찌나 예리한지 대리석 바닥에 반이나 파고들었다.

"짐은! 그대들이 반란을 도모한답시고 무모하게 죽는 것을 바라지 않는다. 물론 짐이 죽는 것도 바라지 않는다. 내가 바라는 것은 충성이다! 마지막으로 나와! 빌어먹을 마도국을 도모할 충성스러운 자가 필요하다!"

크하하하하하하하!

황제는 자신이 말하고도 웃긴지, 어처구니없다는 듯 웃어버렸다.

"그래, 지금에 와서 충성을 바라는 것은 말도 안 되는 것이겠지. 그렇다면 거짓 충성이라도 좋다. 나에게 충성을 바치고, 진심으로 마도국을 친다면! 누군가는 그에 상응하는 보답을 얻을 것이다."

그러고는, 그를 보좌하고 있는 검성 르아르거를 바라보았다.

황제와 눈을 맞춘 르아르거는 씨익 웃었다.

"오랜만에 황제 본인답군요. 노망난 것 아니었습니까?"

자신보다 스물넷이나 많은 검성의 말에, 80이 넘은 나이의 황제, 크래프트 3세가 너털웃음을 지어버렸다.

"나, 제국의 황제 크래프트 3세. 검성의 검에 대고 맹세

하노라."

그리 말하고는 하늘을 보며, 들고 있는 드래곤 하트를 높이 들었다.

"이번 전쟁이 끝나면, 나는 물러날 것이다. 그리고 이 전쟁에 가장 큰 공을 세운 자를……."

"후우……."

황제는 맑게 웃었다.

그가 처음 이곳에 모습을 드러낼 때 풍기던 칙칙하고 끈적끈적한, 기분 나쁜 기운은 이미 씻은 듯이 사라져 있었다.

"차기 황제로 세울 것이다."

"……!"

그 말이 가져 온 파급력은 실로 거대한 것이었다.

Chapter 2
황제와의 대면

모두가 또다시 한 자리에 모였다.

연회에 나가기 전과 똑같은 장소. 똑같은 인물들이지만, 표정은 이전과 판이하게 달라졌다.

비장함으로 가득했던 얼굴에, 허탈함만이 가득하다.

오르거가 떨어지지 않는 입을 열었다.

"이게 어떻게 된 일인지 모르겠군요. 쿠테타를 일으키려고 그렇게 심기일전 준비했건만, 황제가 알아서 황관을 내려놓겠다니요."

뺏으려고 하는 것을 그냥 내려놓는다고 한다. 그리고 그 후계는 자신의 친 혈육이 아닌(모두 죽어서 그럴 수도 있지만),

이번 전쟁에서 가장 혁혁한 공을 세운 이에게 준다고 하는 것이다.

하지만 듣던 고른 백작이 고개를 회회 저었다.

"자네는 그 말을 믿고 있나 보군. 아니, 믿고 싶은 걸지도 모르겠어."

그리 말한 고른 백작이 이를 지그시 악물었다.

"그 말이 사실일 수도 있기는 하다네. 황제에겐 친 혈육이 없고, 또한 마도국에 대한 증오가 가장 높은 인물이기 때문이지."

그러니 거대한 전쟁을 벌여서 마도국을 끝장내기를 원한다.

그러기 위해선 많은 이들의 단합이 중요하고,

그간 신뢰를 모두 잃은 황제가 모두에게 내걸 수 있는 유일한. 또한 가장 매력적인 제안은 황위일 테니까 말이다.

"하지만, 난 그 말을 믿고 싶지 않네. 그래, 못 믿는 게 아니라 믿고 싶지 않은 것이지."

고른 백작은 혼란스러워하고 있었다.

그가 아는 황제는, 언제나 난폭하고, 말보다는 권력을 휘두르는 것이 앞서는 사람이었다. 그리고 하는 짓마다 미친 사람처럼 보였다.

그런데, 오늘 본 황제는 달랐다.

그리고 그것은 경식 역시 마찬가지였다.

첫 인상은, 엄청 음침한 노인이었다. 악의 집대성이라고 할 수 있을 정도로 소름 끼치는 인상이다.

그런데, 그 인상의 황제가 부지불식간에 불쌍해 보이고, 안타까워 보였다.

뭔가, 자신의 상황과 연설을 시작하기가 무섭게 분위기가 바뀌어 버린 것이다.

그것은 마치 이중인격과도 같았다.

'그렇게 생각하면 더 위험한 사람일지도.'

어찌 되었건, 답은 없었다.

답은 황제만이. 아니, 황제도 모르고 있을지 모른다.

답은 그 아무도 모른다.

다만, 답은 없지만 무언가 하나를 답으로 정해서 행동해야 하는 게 지금 모인 경식 일행이 겪고 있는 난관이었다.

경식이 한숨을 내쉬며 말했다.

"당연하지만, 일단은 믿건 말건, 최악의 상황을 상정하고 움직여야 됩니다. 황제에게 신뢰까지는 주지 못하더라도, 위험인자들이라는 인상은 덜 주는 게 좋을 것 같아요. 그렇다고 너무 가만히 있다가 어떤 일이 생길지 모르니, 거기에 대응하려면 무언가 뒤에서 호박씨라도 까야겠지요?"

앞에선 웃으면서 뒤에선 칼을 간다.

그래야 하는 상황이다.

"그렇다면 나와 오르거는 연회를 즐기는 척하며 황제의 동태를 살피도록 하지."

아무래도 이런 자리가 익숙한 귀족 출신인 두 사람이 그 역할엔 적격일 것이다. 더군다나 둘 다 무력이 강하고, 심지어 오르거 자작은 소드마스터이니, 무방비한 모습을 보여줘야 상대방이 안심을 할 수 있겠지.

"여, 연회……?"

연회를 즐긴다는 말에 슈아의 눈동자가 초롱초롱하게 빛났다. 하지만 모두의 시선이 꽂히자 얼굴을 붉히며 고개를 푹 수그린다.

딱. 연회라는 환상에 젖어 있는 16살 소녀의 모습이었다.

'아무리 이러니저러니 해도, 어린아이는 어린아이네~'

본인 역시 10대라는 것을 망각했는지, 경식이 슈아의 머리를 쓰다듬으며 말했다.

"슈아도 연회를 좀 즐겨 봐. 어차피 연회 자체에는 암투 같은 게 있을 수 없으니까. 문제는 10일 후인데 말이죠."

연회에서 웃으며 평소처럼 즐기는 것은 어디까지나 위장이다.

그리고 위장을 해야만 하는 상황이려면, 무언가 뒤에 꿍꿍이를 만들어야 한다.

말 그대로, 칼을 갈아야 한다.

그런데 예리하게 벼를 칼이 아직 존재하지 않았다.

'나는 그 사이에 무얼 하면 되는 거지?'

경식이 말을 먼저 꺼냈으니, 당연히 해결책도 경식이 가지고 있을 것이다.

그 때문에 모두가 경식의 입을 바라보고 있었다.

하지만 정작 경식은 그것에 대한 답이 없었다. 심지어 모두를 실망시키고 싶지 않았다.

엄청나게 곤란한 이때, 경식을 도와주는 이가 있었다.

바로 아란츠였다.

"여러분들이 적을 안심 시키는 사이에, 저와 쿠드님은 어디를 좀 다녀올 예정입니다."

"그곳이 어디인지 말할 수 없는가?"

말할 수 있다면 이미 말을 했을 것이기에 물어본 질문이었다.

그리고 아란츠는 잠자코 고개를 저었다.

"쿠드님에게도 말해 줄 수 없습니다. 일단 제가 준비가 끝나는 직후에 가도록 하지요."

그 말에, 경식은 구원이라도 받은 듯한 기분이 들었다.

"흐음, 제가 생각해 둔 게 있기는 하지만…… 당신 눈빛이 저를 거부할 수 없게 만드는군요."

[웃기고 있네. 엄청 당황했었으면서. 귀신을 속여라.]

확실히 구미호가 귀신이긴 했다.

경식은 구미호의 말을 애써 무시했다.

회의는 계속 되었지만 지지부진할 뿐. 이미 정해질 행동강령은 모두 정해진 상태였다.

밤이 깊었고, 경식 역시 자신의 처소로 돌아왔다.

방으로 돌아오면서 생각했다.

"참으로 파란만장한 하루였네."

오늘 하루 참 많은 일을 겪었다. 긴 하루라면 참으로 긴 하루라 할 수 있었다.

이제 잠에 들고, 그 이후는 나중에 생각해 보려고 했다.

하지만 긴장을 막 풀려는 순간 누군가의 목소리가 들려왔다.

"그 파란만장한 하루. 아직 끝나지 않은 모양입니다만."

벽과 벽이 이어지는 귀퉁이. 그 어둠 속에서 누군가가 모습을 드러냈다.

이제는 반갑기까지 한 그 얼굴.

"아그츠."

경식이 옅은 한숨을 내쉬며 뒤로 물러났다.

뒤로 물러나며, 허리춤에 메인 마검을 꽉 움켜쥐었다.

그걸 보고, 아그츠가 비릿하게 웃는다.

"제가 원하는 상황이 곧 펼쳐질 것 같군요. 하지만 저의 윗분께서 제가 원하는 상황을 원치 않으십니다."

"……?"

"제가 검을 뽑을 수 있는 일은 없다는 이야기입니다."

말을 참으로 어렵게 한다.

경식이 그럼에도 검에 손을 얹고 있자, 아그츠가 한숨을 푹 내쉬며 옆에 있는 의자에 주저앉았다.

말 그대로 무방비상태다.

"폐하의 집에서 폐하의 사람을 해할 자신이 있나 봅니다?"

"……."

"제가 달려들면 응수는커녕 순순히 잡혀야 하는 상황이란 걸 잘 아실 텐데요."

"이미 현상금이 붙어 있잖아? 나, 제이크에게 말이야."

"그렇다고 하더군요! 현상금. 말입니다!"

그것은 아그츠의 목소리가 아니었다. 우렁우렁한 그 목소리의 주인공은, 이 방에서 어떻게 몸을 숨기고 있었나 의심스러울 정도의 거구였다.

제이크.

그가 소리 없이 아그츠의 등 뒤에서 모습을 드러냈다.

그러고는 아그츠의 양어깨를 손으로 지그시 눌렀다.

꾸우우우욱!

"……크큭!"

아그츠는 고통에 호소하는 대신 익살스럽게 웃었다.

"정말 감탄스럽군요. 천하의 제이크를 계속 속이고 계십니다."

이건 또 무슨 소리일까?

제이크가 고개를 갸웃하다가 바짝 얼어버렸다.

신경을 곤두세우고 나서야 누군가가 자신의 목에 칼을 들이밀고 있는 것을 알아차렸기 때문이다.

"이런이런. 제이크 자네. 부상을 심하게 입었다고는 하지만 벌써 몇 년 전 일인가? 진정 내가 알던 제이크가 맞는 건가?"

건장한 노인의 목소리.

검성 르아르거였다.

"자네가 날뛸까 봐 나도 같이 왔다네. 그리고 미리 말해두지만 나는 자네들을 해할 생각이 없어. 그럴 생각이었으면 진즉 그리 하지 않았겠는가?"

그 말에 아그츠가 동의하며 이를 빠득 갈았다.

"그 말에는 전적으로 동감합니다. 저는 그 누구보다도 눈앞에 있는 에리오르슈 쿠드라는 대상을 찢어 버리고 싶은 사람이기 때문이지요."

그 말에, 제이크가 으르렁거렸다.

"명령만 내려 주십시오. 지금이라도 으스러뜨릴 수 있습니다."

경식은 고개를 저으며 마검에서 손을 떼었다.

"그건 저도 할 수 있는 일입니다. 그때처럼 가뿐히. 말이지요."

경식이 말하는 그때란, 테르무그 공작령에서 경식과 아그츠가 마주쳤을 때, 경식이 단 일격에 아그츠를 제압한 사건이었다.

빠드드득.

아그츠의 눈에 실핏줄이 돋아난다.

"그때의 일 때문에 그리 생각하는 것이라면, 바라건대 다시 한 번 그리해 보시지요. 제게 지금 필요한 것은 정당방위라는 명분입니다."

즉, 정당방위가 아니라면 경식의 몸에 손을 대지 못하는 상황이라는 것이다.

자신의 신변이 확실해지자, 이제야 긴장이 완전히 풀리는 것을 느꼈다.

"무엇 때문에 저를 찾아오신 겁니까? 이 야밤에. 그것도 몰래 말이죠."

르아르거가 대신 대답해 주었다.

"황제가 자네를 보고 싶어 하네."

"……황제가요?"

아니. 도대체 왜?

짐작이 가는 것이 몇 개 있긴 하지만, 아주 희박한 확률이라 내세워 생각하기도 뭣했다.

"왜죠?"

"그건 가 보면 알겠지. 내 이름을 걸고 약속하겠네. 자네에게는 아무 일도 없을 것이야."

"으음. 가기 싫다고 하면요?"

경식의 말에 아그츠의 입꼬리가 씩 말려 올라갔다.

"제발 그렇게 말씀해 주시겠습니까?"

경식은 그런 아그츠를 무시하고 르아르거를 바라봤다.

"검성께서 그렇게 말하니 믿고 동행하겠습니다."

"저 역시 함께 갑니다!"

당연하다는 듯 제이크가 말했다.

하지만 검성은 그 말을 기다렸다는 듯 고개를 저었다.

"자네 때문에 내가 온 것이기도 하다네. 같이 가려는 자네막으려고 말이야."

제이크의 표정이 대번 굳는다.

"……나를 막을 수 있을 거라 생각하는가, 검성이여."

검성 르아르거는 피식 웃으며 겨누고 있던 검 끝으로 제이크의 목에 세심한 생채기를 내었다.

주륵—

목덜미를 따라 한 방울의 피가 흐른다.

"지금도 막고 있지 않는가?"

"상황을 모르진 않으리라 본다."

"헐헐헐헐."

르아르거가 유쾌하다는 듯 웃으며 자신의 가슴께를 보았다.

그곳에는 초록색 눈두덩의 말이 제이크의 등. 정확히는 등에 메어진 소울이터에서 머리만 내민 채 르아르거를 노려보고 있었다.

로열티였다.

그것도 '탑승용'이 아닌, '전투용'으로써의 준비를 완전히 갖춘 전투마였다.

르아르거가 제이크에게 검을 겨눈 순간, 로열티가 자체적으로 반응하여 르아르거를 노린 것이다.

'과연. 에리오르슈 가문의 사람들은 여전히 예측할 수가 없구먼.'

만약 르아르거가 제이크의 목을 베려고 한다면, 소울이터에서 튀어나온 로열티가 무슨 짓을 할지 몰랐다.

마냥 르아르거가 제이크를 제압하는 그림은 아닌 것이다.

"헐헐. 그래, 상황은 알고 있지. 하지만 자네, 나를 너무 무시하는 것 아닌가? 이런 것쯤 가볍게 떨쳐 버릴 수도 있다네. 그래서 내 별칭이 검성인 게지."

"그렇다면 그렇게 해 보도록!"

제이크의 갈색 눈동자에 살기가 끼었다.

그것을 본 경식이 황급하게 말했다

"저 혼자 다녀올게요. 괜히 일 커지게 만들지 말자고요."

"주인님! 이 녀석들이 어떤 짓을 할지 모릅니다!"

"그럴 것 같지도 않거니와…… 솔직히 나를 제압하려 해도, 그게 쉽게는 안 될 걸요? 그렇죠?"

자신만만해하는 경식을 바라보며, 제이크는 피식 입꼬리를 올렸다.

"그렇기는 합니다!"

"그렇다면 이번에 절 한번 믿어 봐요. 살아서 돌아올게요."

"헐헐. 누가 보면 죽이려고 하는 줄 알겠구먼. 만약 그런 상황이라면 내가 책임지고 자네를 구함세. 걱정 말게나."

"그것참 믿음직스럽네요."

"뭔가 비꼬는 것 같지만, 그냥 넘어가도록 하지요."

아그츠가 자리에서 일어나 앞으로 걸어갔고, 경식은 그의 뒤를 뒤따라갔다.

"제발 황제의 앞에서 경거망동해 주시기 바랍니다. 제가 당신의 목을 정당하게 딸 수 있도록 말이지요."

'거참 되게 도발하네. 한주먹 거리도 안 되는 게.'

경식이 소울 베슬 2단계가 되고, 아그츠와 맞붙었을 때 단 한 번의 공방으로 승패가 갈렸었다.

아무리 아그츠가 방심했었다고는 해도, 패한 것은 패한 것이다.

'게다가 지금의 나는 그때와는 또 다르지.'

푸른 허무와 투마라는 아군을 얻었고, 흡혼석이라는 것을 알게 되어 활용할 수 있게 되었다.

지금의 경식은 그 당시의 경식과 비교할 수 없을 정도로 놀라운 성장을 이룩했다.

그러나 그 사실을 조금도 눈치채지 못한 아그츠는, 계속해서 경식의 성미를 건드렸다.

'정말 마음 같아서는 콱!'

경식이 그런 생각을 하고 있는 사이, 그는 황제의 집무실에 도착할 수 있었다.

문이 열리자, 그곳엔 황제가 화려한 의자에 앉아 경식과 아그츠를 바라보며 말한다.

"그대가 에리오르슈 가문의 적자인가?"

경식은 선선히 고개를 끄덕였다.

"그렇습니다."

그리 말하며, 황제의 상세를 살폈다.

일전. 연설할 때 느꼈던 진정성은 느껴지지 않았지만, 그렇다고 해서 더 이상 눈앞의 황제가 추악하고 사악하게 느껴지지도 않았다.

"아그츠. 그대는 나가 있으라."

"하지만……."

아그츠는 말을 하다 말고 입을 다물었다.

"그럼……."

결국 아그츠는 경식을 한 번 흘겨본 뒤, 어두운 얼굴로 사라졌다.

그런 아그츠를 보며, 황제가 심심하게 웃었다.

"충성이 과잉한 자다. 기분이 나빠도 이해를 하라."

미미한 웃음이 서로의 입가에 감돌았다. 물론 머지않아 그 미소는 지워졌고, 황제는 이곳으로 경식을 부른 목적을 말했다.

"에리오르슈 라무는 아들을 둔 적이 없다. 그대는 여자인가?"

그 말에, 경식은 어처구니가 없었다.

"여자로 보이십니까?"

물론 경식이 약간 중성적이게 생기긴 했지만, 남녀 구분을 못할 만큼 심한 편은 아니었다.

"그럴 리 없지. 하지만 당시 에리오르슈 라무는 아들을 둔 적이 없다."

"숨겨 둔 자식일 수도 있지 않습니까?"

경식의 말에, 황제가 헛웃음을 흘렸다.

"내가 아는 그는 그럴 리 없다."

목소리엔 확신마저 느껴졌다.

듣고 있던 구미호가 풋풋한 어투로 말했다.

[어머. 한 여자만 바라보는 그런 건가 본데?]

경식이 심드렁하게 대꾸했다.

'아무렴 어때. 그것보다, 뭔가 읽히는 거 있어?'

경식의 말인즉슨, 황제에게서 사악한 기운이라든가, 이전처럼 성스러운 기운이라든가. 둘 중 하나가 느껴지냐는 말이었다.

[전혀. 아무것도 느껴지지 않아.]

'도대체 정체가 뭐야?'

황제는 사악함과 성스러움. 그리고 지금은 인간다운 모습까지 보여 주고 있다.

마치 한 몸을 가진 다른 인격들이 말을 하고 있는 것 같은 느낌마저 들었다.

"흐음, 말을 하기 싫은 모양이로군."

황제는 경식이 뜸을 들이자 순순히 고개를 끄덕였다.

"알 필요도, 자격도 없다 이건가."

혼자서 그리 생각한다는데 말릴 필요는 없어 보인다.

"그것을 말하려고 저를 부르신 겁니까?"

"물론 아니다."

거기까지 말한 황제는 묘한 표정을 지었다. 그것은 마치 불을 잘못 떼서 집을 홀랑 태워버린 소년과도 같은 순수한 표정이었다.

"에리오르슈 가문에 대한 일은…… 미안하게 되었다."

"……예?"

여기까지 부른 이유가 지난날의 사과를 하기 위함이었나?

'내가 아니라 에리카가 받아야 하는 건데, 저거.'

나중에 꼭 전해 줘야겠다고 생각하며, 에리카의 입장에서 이야기를 풀어나가는 경식이었다.

"그 말 한 마디로 상황이 종료되지는 않습니다."

"말에 가시가 있군. 하지만 아무리 나라도 그 말에는 참아야겠지. 순전히 나의 실수…… 흐음. 아니, 실수는 아니로군."

자신의 말을 자신이 정정하며, 또한 황제는 다음 말을 이어 갔다.

"나의 나이는 많다."

알고 있는 사실이다.

황제의 나이는 정확히 83세.

대한민국 기준으로도 꽤나 많은 나이이고, 중세 시대인 이곳 기준으로는 오늘내일해야 하는 초로의 노인이었다.

물론 검성 르아르거는 100세를 넘겼다지만, 그것은 마나를 다루는 소드마스터의 이야기.

마나를 전혀 다루지 못하는, 일반인과 비슷한 신체조건을 가진 황제라면 얘기가 다르다. 이곳에서 83세라는 나이는, 보통 일반인이라면 2번. 많으면 3번쯤 살고 죽고를 반복해야 이룩할 수 있는 긴 세월이었다.

"또한, 잔병치레도 없었지."

한 제국의 황제다. 몸이 조금이라도 좋지 않으면 회복 마법이건 불로불사의 약초건 가리지 않고 먹을 수 있는 위치이다.

황제는 지금껏 감기 한 번 제대로 걸려서 고생한 적이 없을 만큼 건강했다.

"그런 내가, 노망이 왔다."

황제는 멀쩡한 정신으로 생활한다. 그러다가 문득 정신이 끊어진다.

정신을 차리고 보면 1시간. 길면 일주일이 지나 있는 경우도 있다.

그리고 그때의 자신은, 평소라면 상상조차 하지 못할 이기적이고 포악한 행동을 하고 만다.

"심지어는 직언을 아끼지 않던 고마운 충신의 혀를 뽑았던 사건도 있었지. 하지만 그 정도는 우스울 정도로 심각한 일들이 벌어져 오고 있다."

'치매라고?'

노망. 즉, 치매.

엄청난 사실을 너무 쉽게 알아 버린 느낌이다.

"저에게 그런 말을 하는 이유가 무엇입니까?"

황제는 눈을 지그시 감고 깊은 한숨을 내쉬었다.

"에리오르슈 가문이 멸문당할 때, 내 치매 증상이 처음 발발했기 때문이다. 자신의 가문이 왜 멸문 당했는지 정도는 정확히 알려 주는 것이 내가 할 수 있는 최대한의 예의라고 생각했다."

"……친절하시군요."

이제야 상황이 이해가 갔다.

고른 백작이 말하던 '미친 황제'는, 치매 증상을 보이는 황제였던 것이다.

'이걸 모두에게 말해야 하나?'

사실은 황제가 미친 게 아니라 치매라는 사실을 알게 된다면, 과연 그들은 어떤 반응을 보일까?

황제를 불쌍히 볼까?

아니. 그렇지는 않을 것이다.

오히려 미친 황제보다 더욱 위험하다며 이미 충분한 경각심을 더욱 곤두세울지 모를 일이었다.

'당분간 말을 안 하는 편이 낫겠네.'

경식이 생각을 굳히는 사이, 황제의 말이 이어졌다.

"이번 전쟁이 승리로 끝난다면, 그대의 가문이 재건할 수 있는 모든 초석을 다져줄 것을 약속하겠다."

제이크나 에리카가 들었다면 좋아할 만한 일이다. 고무적인 일이 아닐 수 없었다.

"물론, 그대가 이번 전쟁에서 가장 혁혁한 공을 세운다면, 지금 앉아 있는 나의 자리를 줄 수도 있다."

참으로 터무니없는 제안이지만, 그 말은 모두 진실이기도 했다.

"연회장에서 했던 말이 진심이셨을 줄은 몰랐군요. 전 그저 우리를 꾀어내려는 거짓말인 줄 알았습니다."

황제가 피식 웃었다.

"무리도 아니지. 하지만 나의 상황이 이렇다. 친 혈육이 모두 남아 있지 않은, 그저 감투뿐인 황관을 쓰고 있는 노망난 노인. 그 이상도, 그 이하도 아니지. 내가 할 수 있는 선택은 그리 많지 않다. 이것이 내가 평생을 이룩해 왔던 제국이 내가 죽어도 치세를 유지하는 유일무이한 방법이지."

말을 하는 황제의 눈동자에 살기가 흉흉해졌다.

"그리고 마도국은, 내 대에서 정리하고 가고 싶다. 단지 그뿐이다."

"흐음."

경식은 황제의 말을 듣고, 그의 처지를 완벽하게 이해했다.

'황제 역시 불쌍한 사람이었구나.'

미친 황제.

하지만, 진실을 안 지금, 눈앞의 황제는 더 이상 미친 황제가 아니었다.

그저 치매에 걸린 심술 많은 노인네.

측은하기까지 했다.

"이제 가도 좋다. 이미 알겠지만 그대와 제이크에게 걸린 현상금은 이제 없다."

"그것도 정신을 놓으셨을 때 한 행동이십니까?"

"그렇다."

"……정말 사람이 죽고 살고 하겠군요, 당신의 입술에."

"나의 이 위치가, 두려울 뿐이다."

그 말에 진정성이 뚝뚝 묻어난다.

경식은 내친 김에, 모두와의 오해를 풀어보기로 마음먹었다.

고른 백작이야 그렇다 치고, 우선 중요한 건 테르무그 공작령에 관한 이야기부터였다.

"황제께서 저에게 진실을 보여주신 만큼, 저 역시 진실을 말하겠습니다."

경식의 말에 황제의 눈썹이 치떠졌다.

"듣고 있다."

"테르무그 공작가에 흑마법의 흔적이 있는 것은, 황제께서 생각하고 계신 이유가 아닙니다. 그것은……."

"그 이유라면, 이미 알고 있다."

"……알고 있다고요?"

경식의 동공이 탁 풀렸다.

테르무그 공작가문은 지금 마도국과 결탁했다는 누명을 쓰고 있었다.

그리고 반란의 조짐이 있던 것까지 밝혀졌다.

둘이 합쳐지면 반란을 하려고 마도국과 결탁 했다는 씹기 좋은 안주거리 같은 달콤한 거짓이 완성되어 버린다.

그리고 전 제국민이 그 달콤한 거짓말을 진실로 믿고 있는 상황이었다.

"그렇다면 지금 일부러 누명을 씌우고 있는 겁니까?"

"반란을 한 것만으로, 이미 가문을 멸할 명분은 충분하지."

"귀족 간에는 그런 사실적인 문제만 있는 게 아니라고 들었습니다만?"

'반란'과 '마도국과 결착하여 반란'은 의미 자체가 다르다.

황제의 폭정에 견디지 못하여 하는 반란은 명분이라도 있지, 마도국과 결착했다는 거짓이 덧대어지는 순간, 제국민들은 정권이 바뀌어도 더러운 마도국의 손에 의해 바뀌었다고 생각할 것이다.

그렇게 되면 경식 일행의 원래 목적처럼 황제를 끌어내리고 새로운 황제를 앉혀봤자, 제국민들이 그것을 알아서 거부하게 되는 것이다.

명분이란 게 이렇게 중요하다.

그리고 그 명분을 황제는 완전히 자신의 편으로 만들어 버렸다.

그래, 그저 명분 때문이라면 황제가 테르무그 공작령에게 그런 누명을 씌운 것도 이해가 간다. 하지만, 경식은 또 다른 이유가 있다는 것을 알고 있었다.

"드래곤 하트. 그게 그렇게 중요한 것입니까?"

테르무그 공작가문을 세운 시초.

테르무그 그란츠.

그리고 테르무그 그란츠가 잡은 블루 드래곤 제르거트.

제르거트에게서 꺼낸 심장.

그것은 테르무그 공작령의 심볼이었다. 어려서부터 테르무그 그란츠의 무용담을 자장가처럼 듣고 자랐던 모든 제국민들에게는 하나의 성물처럼 여겨지기도 한다.

황제가 그것을 강제로 얻으려 한다면, 제국민에게 명분을 잃는 셈이다.

하지만 마도국과 테르무그 공작령이 쿠테타를 하려고 결탁했다고 여겨지게 되면, 드래곤 하트를 빼앗아 오는 명분으로 충분하다.

결과는 같지만, 과정이 달라지는 것.

그 때문에 에리오르슈 가문과 연관이 있는 제이크와 경식의 현상금은 풀어주었어도 테르무그 아란츠에게 걸린 현상금은 풀지 못하고 있는 것이었다.

"애초에 그대들이 도모하던 반란은, 성사되지 못하게 될 것이었다."

"정말 그 말씀대로입니다. 뭔가 허탈하네요."

왕관만 바뀐다고 황제가 된다면, 황제 암살로 모든 게 끝난다. 하지만 그에 대한 명분이 없다면, 새로 세운 깃발은 실

바람에도 흔들리다가 실 끊어진 연처럼 날아갈 것이다.

"그대들이 멍청한 것이다. 어차피 내려놓을 황위였으니 말이지."

경식이 쓴웃음을 지으며 고개를 끄덕였다.

"마도국의 황태자……라는 녀석은, 지금 어디에 있습니까?"

"검성이 나서서 모든 힘을 빼앗았다. 감옥에 구류되어 있지."

"그렇……군요."

제이크도 쩔쩔 매는 검성이다.

아무리 알스와 테카르탄이라도 어쩔 수 없었을 것이라는 생각이 들었다.

'검성을 직접 보지 못했다면 못 믿었겠지만…… 뭐, 이미 봐버렸으니.'

"더 할 말이 남았는가."

"남아 있지 않습니다."

"흐으. 그렇다면 가 보도록. 몹시…… 피곤하군."

황제는 그 말을 끝으로 눈을 감고 잠들었다.

앉아 있는 상태에서 이리도 편안히 잠에 들다니, 약간 신기하다는 생각이 들기도 한다.

문을 열고 밖으로 나서자, 아란츠가 쌍심지를 켜고 그를 노려보고 있었다.

"폐하께 무슨 짓을 한 것은 아니겠지요?"

"충신이야 아주. 충신."

경식은 그 말을 남기고 아그츠를 지나쳤다.

"언제가 되었든 죽일 준비는 끝났습니다. 그때 부디 현명하게 선택해서 곱게. 고통 없이 죽는 길을 택하십시오."

"어휴, 끝까지 저거."

경식은 고개를 회회 저으며 앞으로 걸어갔다. 아그츠와 함께 온 길을 혼자서 되돌아가는 것이었다.

경식은 건물을 나서고 정원을 거닐다가 허탈한 한숨을 내쉬었다.

"미친 게 아니라 치매였다니. 황제도 나름 사정이 있었네. 그렇지?"

구미호에게 한 말이었다.

헌데 구미호의 입에서 나온 말은 꽤나 충격적인 것이었다.

[황제라고 했지? 저 녀석 지금 거짓말을 하고 있어.]

그 말에 경식의 표정이 대번 사나워졌다.

"……확실해?"

[응. 확실해.]

치매라는 것은 대개 뇌세포가 파괴되어 나오는 현상이라고 전해진다.

그리고 일견 맞는 말이다.

하지만 조금 더 파고들어가 보면, 진실이 조금 누락되어 있다.

뇌가 사고를 하여 몸을 움직이는 것이라고 모두들 생각한다. 하지만 뇌는 사고를 하지 못하며, 사고를 한 값을 몸에 전달시키는 중간 매개체 역할을 하는 것뿐이다.

"그렇다면 직접 사고를 하는 것은?"

[알잖아? 영혼이지 뭐겠어?]

하긴. 영혼이 사고를 하는 것이 아니었다면, 죽은 사람이 영혼 상태로 구천을 떠돌지도 않을 것이다.

영혼은 정상인데, 그 정상인 영혼의 사고를 전부 구현해 주어야 할 뇌의 세포가 정기적으로 죽어 가는 병에 걸렸을 때, 치매. 또는 노망이라고 하는 것이다.

[황제의 뇌는 멀쩡해.]

멀쩡하지 않았더라면, 영혼이 뿜어내는 사고가 완전히 전달되지 못하며 일종의 잡음이 생겨야 한다.

[그런데 삐걱거리는 소리가 나지 않아. 황제의 뇌는 정상이야.]

치매가 아니라는 이야기이다.

"……그럼, 거짓말을 하는 거네?"

[그럴 수도…… 아닐 수도.]

구미호의 애매한 대답에, 경식이 인상을 찌푸렸다.

"그건 또 무슨 말인데?"

[망가진 건 뇌가 아니라, 영혼 자체일 수도.]

"여기에 계셨군요."

구미호의 말에 경식이 대답을 하기도 전에, 멀리서 익숙한 실루엣이 모습을 드러냈다.

다름 아닌 아란츠였다.

"한참 찾았습니다."

"······저를요?"

"예."

아란츠는 눈동자에는 의기가 가득 담겨져 있었다.

"호박씨 까러 가야죠?"

"······예?"

경식은 문득 조금 전 했던 회의의 내용이 떠올랐다.

아란츠와 경식은 다른 이들이 하하호호 웃으며 위장하는 동안 다른 무언가를 하는 역할을 맡았다.

물론 그 무언가가 무언가인지는 정해지지 않았다. 적어도 경식은 그렇게 생각했다.

헌데 아란츠에게는 계획이 있던 모양이다.

'나 도와주려고 얼버무린 건줄 알았는데, 아니었나 보네.'

"그런데 이 시간에 어딜 가는 건가요?"

경식의 말에 아란츠가 애써 웃으며 말했다.

"제 집으로 갑니다."

"……테르무그 공작령이요?"

황제의 명으로 출입이 금지되어 있는 그곳.

아란츠는 그곳에 경식과 함께 가려고 했던 것이다.

Chapter 3
테르무그 공작의 보물

경식과 아란츠의 걸음은 기민하고 빨랐다. 특히나 아란츠는 표정이 진지하다 못해 비범하여, 걷는 내내 말 한번 붙이기 어려울 정도였다.

입구에 도착하자 앞에는 경비병들이 보초를 서고 있었다. 모두가 비범해 보이는 것이 특수훈련을 정규병들이었다.

"황제의 정규병이로군요."

"부딪치면 안 되는 거잖아요?"

경식이 그리 말하자, 기다렸다는 듯 왕년 노인이 끼어들었다.

―정규병은 목에 칼이 들어와도 입에 물고 있는 호각을 불기로 유명하지. 절대 발각되어서는 안 되네.

"……?"

아니 도대체 언제부터 있었던 거지?

경식의 의문을 알았는지 옆에 찰싹 붙어 있던 구미호가 핀잔을 주었다.

[너 요즘 들어 계속 싸돌아다니고 그런다? 처음엔 찰싹 붙어서 꼰대처럼 굴더니, 이젠 좀처럼 볼 수가 없네?]

왕년 노인이 유쾌하게 웃었다.

―허허허허. 비싼 남자라오.

[그래. 계속 그렇게 돌려 말해라. 어느 순간 아무도 관심 가져 주지 않는 불쌍한 캐릭터가 되어 있을 테니까.]

―흘흘. 너무 그러지 마시구려. 이렇게 와서 설명해 주지 않소?

경식은 둘이 뭐라 하건 말건 아란츠에게 말했다.

"아무래도 정문으로 가면 안 될 것 같은데요."

그 말에, 아란츠는 묵묵히 고개를 끄덕였다. 그 역시 그 정도는 알고 있는 눈치였지만, 쉬이 움직이지 못했다.

"나의 가문에 들어가는데, 담을 넘어야 하다니……."

"끄응."

경식은 위로의 말을 찾을 수 없어 한숨을 내쉬었고, 그 사이 아란츠는 냉정을 되찾았다.

둘은 가볍게 담을 넘어 안으로 들어갔다.

들어오자마자 널찍한 정원이 보였다.

'이전에 들어올 땐 정말 아름다운 정원이었는데.'

지금은 여기저기 도랑이 파여 있었고, 말라비틀어진 핏자국과 정체 모를 조각들이 널브러져 있는 쓰레기장에 불과했다. 썩은 내도 나는 것 같다.

경식은 조심스럽게 아란츠의 얼굴을 살폈다.

안색이 좋을 리 만무했다.

"가시지요."

"힘내요."

"……힘내서 가시지요."

둘은 기민하게 움직였다. 주기적으로 경비병이 돌아다녔지만, 둘이 숨고자 하면 기척을 느낄 수 있을 리 만무했다.

아무리 훈련을 받아도 병사는 어디까지나 병사인 것이다.

"우리 어디로 가는 거죠?"

경비병을 지나친 후 틈을 타서 경식이 속삭였다.

"아버지의 서재로 갈 겁니다. 정확히는 그곳에 있는 비밀의 방이죠."

"그곳에 무엇이 있나요?"

비밀이 방이라고 한다. 그러니까 비밀스러운 무언가가 있는 게 정상이다.

그리고 아란츠는 모두에게 그것이 무엇인지 알리지 않았다. 심지어 경식에게도 아직까지 알리지 않고, 그저 묵묵히 걸음만 옮길뿐이었다.

그것이 무엇일까?

아란츠가 얼굴을 굳히며 입을 열었다.

"곧 건물을 지키는 이들이 있을 겁니다. 못해도 소드 익스퍼트 중상급은 되겠지요."

더 이상 병사의 영역이 아닌 것이다. 앞을 지키고 있는 것은 기사들일 게 분명했다.

"그들을 곧 제치고 들어가야 합니다. 기습을 해야 하겠죠?

"에씨……."

경식은 자신의 물음에 대답을 안 하고, 교묘하게 상황에 편승하여 다른 말을 하는 아란츠가 얄미웠다. 하지만 상황이 상황인 만큼 그것에 대해 대답을 해야 했다.

"모르게 들어갈 순 없겠네요. 흐음……."

하지만 문득. 확실하게 들어갈 수 있는 방법이 하나 떠올랐다.

바로 푸른 허무를 이용하여 허무의 망토를 소환하는 것이었다.

'에이, 아니야.'

하지만 곧 고개를 저었다. 지금쯤 그 망토를 덮고 어딘가에서 노숙이라도 하고 있을 란시아를 생각하니, 못할 짓인 것 같았기 때문이다.

'단숨에 제압하기엔 힘들어.'

죽인다면 가능하지만, 그들이 무슨 죄가 있다고 죽이겠는가?

물론, 방법이 하나 있기는 했다.

바로 붉은 어금니의 냄새였다.

경식의 마음을 읽은 붉은 어금니가 여우구슬 속에서 너털웃음을 지었다.

[톨톨톨. 내 향.취를 가지고 무.엇을 어떻.게 하겠다.는 것인가?]

'다 생각이 있지. 후후.'

우선, 교묘하게 냄새를 풀어 그들의 코를 자극시킨다.

그저 누군가가 방귀라도 뀐 냄새 수준이 아닌, 독가스 수준의 그 냄새는 분명 그들을 혼란스럽게 만들겠지.

'그것을 이용하면 되지 않을까 싶은데.'

명확하진 않지만, 그것밖에 방법이 없었다.

경식은 마음을 굳혔다.

곧 경식과 아란츠는 테르무그 공작의 서재가 있던 건물에 도착할 수 있었다.

그리고 역시나 기사 두 명이 입구를 지키고 서 있었다.

그 두 명 이외에는 필요도 없다는 듯, 주변에 그들 말곤 아무도 없었다.

하지만 경식과 아란츠는 그들의 얼굴을 확인할 수가 없었다.

둘 다 머리가 없었기 때문이다.

"……어떻게 이런 일이?"

자세히 보니 그들의 발치에 두 개의 수급이 굴러다니고 있었다.

피는 몇 방울 흐르지 않았고, 주변에 핏자국도 없었다.

아주 깔끔하게 잘렸다.

본인들조차 자신들이 죽는 것을 모르고 죽었을 것이다.

가장 중요한 것은,

무언가가 자신들 보다 먼저 이곳에 들어와 있다는 사실이었다.

"빨리 들어가 봐야겠는데요?"

"……예."

경식과 아란츠는 재빨리 앞으로 치달렸다.

물론 길을 알고 있는 아란츠가 앞장을 서는 것은 당연했다.

경식은 아란츠의 등을 쫓아, 건물 꼭대기인 5층까지 단숨에 올라갔다.

올라가는 내내 보이는 것은, 목숨을 잃었을 당시 단 한 방울의 피밖에 흘리지 않은 시체들뿐이었다.

목이 잘렸고, 그 밑에 피 한 방울 떨어져 있다.

생기가 빠져나가야 옳은 수급은 피를 흘리지 않으며, 피부는 아직도 살아 있는 것처럼 생생했다.

그것을 보고 있는 왕년 노인의 얼굴이 묘하게 일그러졌다.

─정말 대단한 솜씨군. 이토록 날카로운 검을 구사하는 자는 몇 없네. 아마 제이크도 이것은 불가능할 게야.

그렇다면.

떠오르는 인물이 한 명 있었다.

제이크도 못 하는 것을 하는 사람.

'설마 검성이라고?'

아란츠를 따라가는 경식의 표정이 불신으로 물들었다. 몇 번 본 사이는 아니지만, 아무리 그래도 검성이 자국의 기사를 이렇게 베고 지나갈 리도, 이곳에 올 이유도 없다.

'게다가 본 지 얼마 되지도 않았는데?'

우뚝!

아란츠가 갑자기 멈춰 서, 경식은 하마터면 그의 등과 부딪칠 뻔했다.

"다 왔습니다."

방의 문이 열렸다.

살아생전 테르무그 공작의 서재였다.

서재는 이미 이곳저곳 뒤졌는지 모든 게 부서져 있고, 의미 모를 잡다한 서류들이 전부 쏟아져 산을 이루고 있었다.

꽈아아아아악.

아란츠는 주먹을 쥐는 것으로 분노를 대신했다. 자신의 가문이 무너졌다는 것이 피부로 와 닿는 순간이리라.

하지만 그렇다고 이곳에서 궁상을 떨고 있을 수만은 없는 일이다.

그는 벽면 한 귀퉁이로 갔다.

그리고 손에 끼고 있던 반지를 빼내어, 벽에 있는 용의 문양. 그 문양의 눈에 갖다 대었다.

휘이이잉.

푸른 용의 눈동자가 밝게 빛났다.

쿠구구구구국!

벽이 열리며, 비밀의 방이 모습을 드러냈다.

그곳은 양 벽이 황금으로 뒤덮인 화려한 공간이었다.

"후우우우."

아란츠가 한숨을 푹 내쉬더니 말을 이어 갔다.

"이곳에 무엇이 있는지 궁금하다고 하셨지요. 보시다시피, 아무것도 없는 것처럼 보이실 겁니다."

그 말에 경식이 고개를 갸웃했다.

"아니⋯⋯."

"하지만 이곳엔 분명 상자가 존재합니다. 아무도 모르고, 모를 수밖에 없지요. 그 어떤 마법으로도 볼 수가 없게끔 만들어 놓았으니 말입니다."

"그러니까 그게⋯⋯."

"끝까지 들으십시오. 이곳에 있는 것은⋯⋯."

아란츠가 더욱 뜸을 들이더니 입을 열었다.

"또 다른 드래곤 하트입니다."

"⋯⋯!"

경식의 눈이 크게 부릅떠졌다.

"드래곤 하트는 분명⋯⋯?"

"예. 지금은 황제의 손에 있지요."

"그런데 무슨?"

"아무도 모르지만, 드래곤의 심장은 하나가 아닙니다."

드래곤 하트.

말 그대로 드래곤의 심장.

그 드래곤의 심장은 당연하지만, 하나라고 알고 있다.

하지만 실상 드래곤 하트는 두개이다.

드래곤의 방대한 마나를 전부 내포하고 있는, 마나의 정화.

그것이 모두가 알고 있는 드래곤 하트의 정체이다.

하지만 그것 말고도, 드래곤에게는 또 하나의 심장이 있다.

"바로 드래곤의 영혼을 담는, 진정한 의미의 심장입니다."

드래곤은 다른 생물들과는 달리 영혼을 보관하는 심장이 따로 있었다.

"그것은 제 가문을 이 지경으로 만들었던 그 흑마법사도, 그리고 황제 역시 찾아내지 못한 것이었습니다. 이곳까지 찾을 확률은 있지만, 이곳이 텅 비었다고 생각했겠죠."

그의 확언에 경식은 고개를 갸웃거렸다.

"하지만 이곳엔 분명 상자가 있습니다. 보이지도, 잡히지도 않지만 분명 존재하지요. 그것을 볼 수 있는 것은, 테르무그 가문의 적자밖에 없습니다."

그리 말하더니, 아란츠는 눈을 감아버렸다.

화아아아악.

곧이어 아란츠의 손에서 아지랑이가 넘실넘실 뿜어져 나왔다.

하늘색의 아지랑이였다.

아란츠가 자신의 손을 들어 보이며, 피식 웃었다.

"아무것도 안 보이시겠지만, 이곳에는 마나와는 차원이 다른 무언가가 꿈틀대고 있습니다."

"……."

경식은 가만히 아란츠를 지켜보았다.

"제 눈동자의 색깔도 보이십니까? 평범하죠? 하지만 다른 색으로 빛나는 것을 저는 압니다."

그래. 하늘색으로 빛나고 있지.

지금 아란츠는, 무언가와 접신 비슷한 것을 하고 있는 상태였다.

때문에 목함이 이제는 보일 것이다.

경식이 이 문을 열 때부터 보아 왔던 그 목함을 말이다.

'소울 에너지를 이용하면 보이는 식으로 해놨군. 그러니까 들키지 않을 수 있었겠지.'

아마 흑마법사 케헤는 이곳을 발견하지 못하고, 통상적인 드래곤 하트만을 사용했을 것이다. 아마 보려고 했다면 보았을 수도 있다.

하지만 황제는 이곳을 아무리 뒤져도 못 보았을 것이다.
아마 모르긴 몰라도 이 비밀의 방 역시 열어 보았을 것이
다. 그러나 아무것도 발견할 수 없었겠지.

"지금 그것을 보여드리겠⋯⋯?"

덥석.

경식은 아란츠의 말이 끝나기 전에, 눈앞에 보이는 목함
을 집었다.

아란츠의 두 눈 가득 경악이 번졌다.

"보, 보이십니까?"

"완전 잘 보여요."

"마, 만져져요?"

"응. 완전 잘 만져져요. 열어 볼까요?"

"아, 그 그건⋯⋯ 그건 정말 저희 가문 비전이 아니면
안 될 겁니다만⋯⋯?"

화아악!

아란츠의 말이 끝나기도 전에 목함의 입구가 아란츠와
입과 함께 쩍 벌어졌다.

"이럴 수가!"

"그러게. 이럴 수가네요."

아란츠는 경식이 목함을 열 수 있다는 것에도 놀랐지만,
그 이후에 더욱 놀랐다.

경식 역시 놀라는 건 마찬가지였다.

"그렇게 장황하게 설명해 놓고, 안에 아무것도 없으면 어떻게 합니까?"

"이, 이건 말도 안 됩니다. 말도…… 안 된다고요!"

정작 목함 안에 있어야 했던 제 2의 드래곤 하트는 없었다.

그냥 텅 빈 먼지뿐이었다.

"으음."

내심 기대했던 경식도 심드렁한 표정을 지으며 아란츠의 어깨를 탁탁 두드려 주었다.

"우선 슬퍼하는 건 나중에 하고, 이곳을 벗어나죠. 여길 지키고 있던 모든 이들이 죽었다는 것을 알고 계시죠? 혹시라도 누명을 쓸 수도 있습니다."

"……그러……지요."

아직 충격에서 벗어나지 못한 아란츠를 다독이며, 경식이 이 자리를 뜨려는 찰나였다.

후와아앙!

챙그랑!

챙그라랑!

강력한 바람 소리가 남과 동시에 왼쪽 벽면의 창문이 산산조각으로 부서졌다.

강한 바람으로 인해 창문이 깨진 것이었다.

그리고.

꽈슛!

듣는 것만으로도 소름이 끼치는 절삭음이 그 뒤를 이었다.

경식과 아란츠는 눈을 부릅뜬 채, 부서진 창문 너머 풍경을 직시했다.

정원 바닥엔 누군가가 무언가를 쫓고 있었다.

심지어 그 누군가는 경식이 아는 사람이었다.

[검성이 아니었네.]

구미호의 말대로다. 하지만, 더욱 의외의 인물이었다.

"테카르탄……?"

알스와 언제나 행동을 함께하는 테카르탄이 눈앞에서 무언가를 심하게 쫓고 있었다.

그리고 그 심하게 쫓기고 있는 물체 역시, 경식이 알고 있는 종류의 녀석이었다.

일전에 광장에서 쫓아가다가 하늘로 튕겨져 나갔던 기억이 떠오르며, 경식의 입에서 열심히 도망치고 있는 녀석의 정체가 흘러나왔다.

"……닭둘기?"

*   *   *

"아니 저 닭둘기가 도대체 왜 있는 건데?"

경식이 어이가 없다는 듯 외치자, 아란츠는 고개를 갸웃거렸다.

"닭둘기가 무엇입니까? 저 비둘기를 말하는 것입니까? 아니, 저게 비둘기이긴……한 겁니까?"

지금, 눈앞의 비대한 비둘기는 테카르탄의 날카로운 공격을 전부 피해 내고 있었다.

"저건 마치…… 물고기를 잡으려는 사람의 놀림 같군요."

말 그대로다. 사람이 물고기에게 다가가면, 물고기는 재빠르게 지느러미를 튕겨 유유히 도망친다.

말이 도망친다는 것이지, 거의 인간의 눈에는 사라지는 것처럼 보일 뿐이다.

그만큼 빠른 속도를 가지고 있다는 뜻이었다.

그것도 빠르기로는 누구에게도 지지 않는다 생각되는 테카르탄을 상대로 말이다.

"역시…… 빠르군. 엄청나게."

아마 이곳에 오면서 본 목 잘린 시체들은 전부 테카르탄의 솜씨일 것이다. 하지만 그 테카르탄을 어린아이 가지고 놀듯 유유히 피하고 있는 닭둘기는 도대체 얼마나 대단한 것인가?

게다가 더 대단한 것은……

"기어코 안 나네. 안 날아."

그렇다. 다리로만 요리조리 피하고 있었다. 날개가 달려 있는 주제에 전혀 쓰지를 않고 있다.

쓴다면 아주 가끔.

테카르탄의 눈동자가 비장하게 빛날 때였다.

그때는 지금보다 배는 크고 빠른 공격이 감행된다.

그리고 날개가 펴지면,

엄청나 바람이 주변을 집어삼킨다.

후아아앙!

경식과 아란츠는 인상을 찌푸리며 뒤로 물러났다. 깨진 창문이 또다시 깨질 일은 없겠지만, 분명 깨지지 않았더라면 와장창 소리가 났을 것이다.

경식이 고개를 갸웃했다.

"도대체 저게 무엇일까요?"

"……저 역시 모르겠군요. 하지만…….."

아란츠는 그리 말하며, 지금 이 순간에도 테카르탄의 공격을 피하고 있는 닭둘기의 가슴 부분을 가리켰다.

그곳에는 주먹보다 조금 작은 돌덩이가 목걸이처럼 메여

있었다.

"움직임이 너무 빨라서 자세히는 안 보이지만, 저건 확실합니다."

"뭐가 확실한데요?"

아란츠의 얼굴이 굳어졌다.

"드래곤 하트."

"……?"

"저 비둘기는 지금 드래곤 하트를 걸고 있습니다. 확실합니다."

"……그래요?"

경식의 얼굴 역시 묘해졌다.

*   *   *

구구. 구구구구!

영락없는 비둘기 소리였다.

하지만, 비둘기라고 하기엔 너무도 빠르고, 강력했다.

피하기만 하는데, 만약에 공격해 들어온다면 어떤 식으로 공격해 들어올지 모르겠다. 때문에 반격 방법도 모르겠다.

방법을 알 수 없는 상대. 게다가 인간이 아니기 때문에 근육의 크기나 구조도 파악이 힘들어 예측이 아예 불가능하다.

테카르탄은 이런 상대를 상당히 싫어했다.

'이것으로도 안 되는군.'

조금 전, 테카르탄이 날린 발검술은 그 역시 자주 애용하는 기술이었다.

공간을 절단할 수 있을 정도로 예리하고 빠르다고 하여 에어커트라는 짧은 이름으로 기억하고 있는 기술이기도 했다.

그것이 통하지 않으니, 더욱 상승의 것을 사용해야 했다.

후앙!

그의 새카만 검이 움직였다.

치슷!

뭔가가 훑고 지나간 듯한 소리만 들릴 뿐 아무런 현상도 일어나지 않았다.

하지만 그의 검로에 저 비둘기가 걸려 있었더라면 분명 저 비둘기는 반으로 갈라져 피를 토하고 있었을 것이다.

하지만 이런 공격이 수백 번 시도되었음에도 불구하고 비둘기는 여전히 움직이고 있었다.

그것이 테카르탄을 조심스럽게 만드는 이유였다.

그는 점점. 그리고 조금씩 자신의 밑천을 드러내고 있는 것이었다.

'조금 무리를 할 필요가 있겠군.'

상대의 실력이 파악이 되질 않는다. 이런 적은 제이크를 제외하곤 처음이었다.

제이크는 파악했다 생각할 때쯤 전혀 새로운 무언가를 보여 주는 식이었지만, 이 정체불명의 새는 그냥 모르겠다.

공격이란 걸 모르고, 방어만 하니 당연하다면 당연한 것이리라.

'그렇다면 방어를 도외시한 공격을 하면 될 터.'

그리 생각한 순간, 비둘기의 움직임이 기민해졌다.

그리고 날개를 펼치기 전 준비 같은 자세를 취한다.

이미 테카르탄이 무엇인가 큰 기술을 쓰려는 것을 알고 있음이었다.

참으로 눈치가 빠른 녀석이 아닐 수 없었다.

'하지만 그것도 소용없다.'

그가 지금 사용하려는 공부는, 안다고 피할 수 있는 공부가 아니었다.

게다가 지금 같은 밤이면 더더욱!

턱.

테카르탄은 차렷 자세로 서서, 자신의 검을 양손에 쥐고 들어 올렸다.

검신이 그의 허리부터 머리끝까지 이어지는 하나의 선을 만들었다.

그것은 검을 휘두르려는 예비동작이라기보다는 누군가에게 예를 취하는 기사의 모습이었다.

멈칫!

불가사의한 비둘기 역시, 그런 테카르탄의 돌발행동을 보고는 흠칫 몸을 떨었다.

무언가 느껴지기는 하는데, 어디를 도망가도 마찬가지일 것 같다는 생각이 머릿속에서 떠나지를 않는 것이다.

지금까지 왔던 것들과는 차원이 다른 무언가다.

그리고.

스르륵—

테카르탄이 들고 있던 검이, 바람에 모래성 무너지듯 사라졌다.

"제이크에게 사용하려 했던 비기를 이딴 곳에서 사용하게 될 줄이야."

테카르탄은 마치 이 지겨운 숨바꼭질이 모두 끝나기라도 했다는 듯 그렇게 말했다.

구구구구.

비둘기는 뒤로 주춤주춤 물러났다.

무언가 안 좋은 느낌이 몸을 지배했다.

비둘기가 날개를 활짝 펼쳤다.

구우우우우!

화아아악! 파닥파닥!

후앙! 휘릉! 화르르르르르르릉!

주변이 아주 난리가 났다. 잡초들이 뽑혀서 하늘을 날았고 박혀 있던 거대한 바위마저 뽑힐 것처럼 들썩였다.

굳건히 서 있던 테카르탄이 뒤로 물러나며 휘청거릴 정도로 바람은 거세고 강대했다.

하지만, 테카르탄은 그런 비둘기를 비웃듯이 말했다.

"끝까지 공격은 안 하는군. 그것이 너의 패배 요인이다. 넌 내가 준비되기 전에 뭐라도 했어야 했다."

"……?"

비둘기가 심각한 얼굴로 고개를 갸웃거렸다.

테카르탄의 입꼬리가 사악하게 말려 올라갔다.

"넌 이미, 내 환검에 꿰어 있다."

그 말이 끝나는 순간.

푸하악!

비둘기의 등 쪽에서 하늘색의 반투명한 기운이 피처럼 뿜어져 나왔다. 자세히 보니 비둘기의 등과 배를 잇는 거대한 바람구멍이 생겨 있었다.

"……."

테카르탄이 느릿느릿한 발걸음으로 비둘기에게 다가갔다. 그리고, 비둘기의 바로 위 허공을 검쥐듯이 쥐었다.

스으읏

그러자, 테카르탄의 손아귀에서 검이 생겨났다. 그 검은 심지어 비둘기의 등을 수직으로 찌르고 땅에 박혀 있었다.

실지로는, 생겨난 것이 아니었다.

안 보이게 되었다가, 테카르탄이 쥐자 다시금 모습을 드러낸 것이다.

어둠에 둘러싸인 투명한 검.

"동양의 어느 검사를 죽이며 카피한 이 기술의 이름은, 암환살검이다."

강한 염을 통하여 검을 느릿하게 움직이게 한다. 그리고 그 검은 모습도 보이지 않고, 기척도 느껴지지 않는다.

그저 어둠 속에서 아주 조금씩 상대방에게 이동한다.

환술에 걸린 상대방에게만 보이지 않는 이 검은, 그렇기 때문에 서서히, 하지만 확실히 상대방의 몸을 관통할 수가 있는 것이다.

쑥!

구우우욱!

검을 빼내자, 비둘기가 괴로운 듯 몸을 뒤틀며 뒤로 물러난다. 날개를 들어 날아보려 하지만, 그것을 가만히 놔둘 테카르탄이 아니었다.

빠각!

비둘기가 땅을 두 번이나 퉁기며 날아가 쾅! 하는 소리와 함께 벽에 박혔다.

그리고 테카르탄은 그곳으로 걸어갔다.

"이제. 목에 걸고 있는 그것을 내놓아라."

테카르탄이 비둘기의 가슴으로 손을 뻗어 갔다.

그리고 그것이 닿으려는 순간,

한 줄기 보랏빛이 허공을 격하고 테카르탄의 머리로 날아왔다.

"……!"

팡!

하마터면 큰일 날 뻔했다.

테카르탄이 뒤로 물러나며 빛줄기의 정체를 보았다.

그것은 한 자루의 검.

익히 아는 검이고, 익히 아는 자의 것이었다.

"에리오르슈…… 쿠드."

탁!

허공에서 착지한 실루엣은 다름 아닌 경식이었다.

어둑한 밤임에도 경식의 눈동자가 짙은 푸른색으로 반짝
인다.

"후우! 하마터면 위험할 뻔했네. 그렇지?"

구우우우?

비둘기는 힘겹게 경식을 보았다.

경식은 그런 비둘기에게 눈을 찡긋 해 보였다.

"그러니까 날아서 진즉 도망쳤어야지. 닭처럼 뛰어만 다
니니까 이렇게 되는 거잖아?"

턱!

그렇게 말하는 사이, 아란츠 역시 경식의 옆에 도착하여
테카르탄에게 검을 겨누었다.

"그 기습이 실패할 줄은 몰랐습니다."

"으으…… 회심의 역작이었는데 말이죠."

경식 역시 안타까워하며, 널브러진 그의 마검을 손으로
쥐었다.

위우우웅!

마검이 묘하게 공명했다.

"……?"

그 공명음을 들은 테카르탄의 굳어 있던 얼굴이 더욱 딱
딱하게 굳어졌다.

"그간 무슨 일이 있었는가."

"나야말로 듣고 싶은 게 많은데, 들려 줄 것 같지는 않아, 네가."

"그러하다면 어떻게든 제압을 하고 물어봐야겠지요. 우선, 저 비둘기가 걸고 있는 것의 정체를 알고 있는 건지 심히 궁금해집니다만."

아란츠 역시 얼굴을 굳히며 검을 고쳐 쥐었다.

대치상황.

그때, 힘겹게 일어난 비둘기가 주변을 둘러보더니, 날개를 활짝 폈다.

구구구구!

"으잉?"

"……?"

활짝 편 날개가 강하게 퍼덕이는 순간, 다시 한 번 회오리바람이 일어나며 주변에 먼지를 자욱하게 일으켰다.

"흐음!"

테카르탄이 무언가 눈치를 챘는지 검을 꽉 쥐더니 허공을 훑듯이 휘둘렀다.

비둘기가 날아가고 있는 쪽인 것 같았다.

자욱한 안개 속에서 검은 호선이 빛나는 것을 본 경식은 그곳으로 도약하여 마검으로 그것을 쳐냈다.

파캉!

트다다닷!

쳐내자마자 움직이는 발소리!

경식은 재빨리 구미호에게 염을 보냈다.

'어디야!'

그 염을 받은 구미호가 고속대화로 빠르게 처신했다.

[네 밑에서부터 검이 올라와!]

'미친 변태 같은 놈일세!'

경식은 허공에 뜬 상태 그대로 몸을 빙글 돌렸다. 그러면서 들고 있던 검으로 자신의 아래쪽 허공을 긁었다.

허공이어야 마땅했을 그곳엔 강력한 반탄력이 느껴졌다.

카칵!

경식의 아래에 있던 테카르탄이 아란츠의 검을 피해 뒤로 물러났다.

어느새 흙먼지는 다 걷혀졌다.

그리고 그 자리엔 세 명밖에 없었다.

경식과 아란츠는 테카르탄과 대치를 한 상태 그대로 어이가 없어졌다.

"닭둘기 새끼. 날개 쓰라니까 진짜 써서 도망가네."

"도, 도망 간 겁니까?"

그렇다. 이미 비둘기는 사라지고 없었다. 남은 것은 둘이 힘을 합쳐도 이길까 말까 한 테카르탄 뿐이었다.

하지만 도망칠 순 없었다.

물어보고 싶은 것도 많았고 말이다.

"왜 여기에 있는 거지?"

물론 대답해 줄 리 없었다.

"무엇을 하러 왔지?"

그것 역시 대답해 줄 리 만무했다. 그리고 비둘기의 목에 걸려 있는 것을 취하려 했으니, 무엇을 하러 왔는지는 대충 짐작이 간다.

문제는, 그 목걸이가 무엇인지를 알고 있는가, 아닌가이다.

아란츠가 굳은 얼굴로 검을 들어 테카르탄을 겨누었다.

"네가 취하려 했던 목걸이. 그것이 어떤 것인지 알고 있는가."

대답해 줄 리 없는 테카르탄의 입에서 의외로 대답이 나왔다.

"대답하지 않으면 그 검으로 베겠다고 위협이라도 하는 것 같군."

조롱이 담긴 웃음과 함께였다.

위협을 하면 대답해 줄 것 같으냐는. 아니, 위협을 해야만 죽고 죽이는 상황이 될 것 같으냐는 식의 말투였다.

그리고 그 말에 아란츠가 노기를 띠며 앞으로 한 발자국 나아갔을 때.

츠팟!

"큭!"

아란츠의 왼팔에서 피분수가 뿜어져 나왔다.

방심을 하여 당한 뼈아픈 부상이었다.

"그 앞은, 내 영역이다."

"크윽!"

아란츠가 이를 악물며 다시금 검을 들려고 했지만, 경식이 고개를 저으며 아란츠를 타일렀다.

"우선 제가 어떻게든 해볼 테니 지혈부터 하세요. 그게 먼저일 것 같습니다."

보아하니 동맥 근처가 얕게 잘렸다. 얕지만 동맥이 잘린 것은 기정사실. 가만히 두면 과다출혈로 전투불능이 된다.

"이런 추한 꼴을 보이다니요."

아란츠가 이를 악물며 자신의 옷을 찢기 시작했다. 어떻게든 지혈을 하려는 의도였다.

"휴우."

경식은 테카르탄을 바라봤다.

"너를 죽일 생각이 아니었다면 끼어들지도 않았을 거란 생각은 안 해봤겠지?"

어느새 품 안으로 들어간 경식의 손이 모습을 드러냈다.

그의 손은 붉은색. 파란색. 보라색이 기묘하게 섞인 구슬을 들고 있었다.

그러곤 엉뚱하게도 옆에 있던 아란츠를 바라보며 씩 웃었다.

"제가 이 구슬을 항상 몸에 지니고 다닐 수도 없어서, 생각을 좀 해 보았는데요. 어차피 검이랑 연계할 거면……마침 이곳에 딱 맞아 떨어지더라고요."

경식이 그리 말하면서 마검의 폼멜 부분. 즉, 검 날 끝이 아닌 검 손잡이의 끝 부분에 보석을 가져갔다.

그곳은 뭉툭해서 유사시에 상대방을 찍는 둔부 역할을 하는데, 대부분의 고급 검에는 그곳에 마법처리가 된 보석이 박혀 있었다. 물론 마검엔 그러한 보석이 박혀 있지 않았다.

그리고 지금 경식의 흡혼석이 그곳을 채웠다.

"촤아아아아악!"

"……."

"아니 뭐. 그냥 아무런 변화도 없어서 소리 한 번 내봤던 겁니다."

"……."

이번엔 테카르탄 역시 어이가 없었다. 자신을 보면 뒤로 내빼기 바빴던 에리오르슈 가문의 적자가, 검을 들고 있는 자신을 맞대면하고도 전혀 기가 죽지 않고 오히려 농담을 하고 있다니?

'강해지긴 했으나, 그저 그뿐.'

자신을 압도하기는커녕 이길 정도도 되지 않는 실력이거늘.

테카르탄이 피식 웃으며 검에 힘을 주었다.

"유언은 그것인가."

쭈우우욱!

예의 시커먼 오러 블레이드가 마검을 가득 메웠다.

"너의 유언은 그게 맞고?"

경식의 눈동자가 보라색으로 바뀌었다.

그가 내뿜는 특유의 소울 에너지를 주력으로 사용하고 있다는 반증이었다.

'그래 봤자 피라미의 힘.'

둘이 격돌했다.

테카르탄은 검에 보통의 힘을 주입한 상태였다.

아주 적당한 힘.

그리고 검과 검이 맞붙었다.

꽝!

"……!"

테카르탄이 주욱 밀려났다.

충분히 예상했던 파괴력.

그 범위보다 아주 조금 더 거대한 힘을 경식이 내뿜어서 밀려난 것뿐이었다.

"제법."

테카르탄의 검에 묻어 있는 오러가 짙어졌다.

자세 역시 바뀌었다.

그저 검을 부딪치는 게 아닌, 기술을 사용하여 단숨에 베어 버린다.

쾌검!

"음. 뭔가 오려나 보네."

그에 따라 경식 역시 태도가 바뀌었다.

아주 작은 변화였다.

그저 왼쪽 눈을 지그시 감는 것.

'뭐지?'

한쪽 눈을 감으면 오히려 거리감이 없어서 좋지 않을 텐데?

물론 테카르탄이 신경 쓸 부분은 아니었다.

그는 경식에게 다가갔고, 경식 역시 부딪쳐 왔다.

테카르탄은 장전이 된 팔을 채찍처럼 뿌렸다. 말 그대로 장전을 한 것이지, 휘두른 것이 아니었다.

방아쇠가 당겨진 것처럼 그의 팔이 보이지 않는 속도로 움직였다. 거기에 붙어 있던 검은 더욱 빠르게 움직였다.

그것은 경식이 예상하지도 못한 속도였다. 그가 눈을 부릅뜨기도 전에 검이 그의 몸을 베고 지나갔다.

뻐걱!

"……?!"

그런데 살이 아닌 돌과 부딪치는 소리가 났다. 오러가 씌워져 있는 검은 설사 강철이라 할지라도 무처럼 베어내야 정상인데 묵직한 기운이 손에 맴돌았다.

"뭔가 이상한가 봐?"

경식이 씩 웃으며 자신의 배를 가리켰다.

배는 분명 움푹 파여 있었는데, 긁힌 것일 뿐 내장이 튀어나오거나 절단된 흔적은 없었다.

경식이 감고 있던 왼쪽 눈을 떴다.

왼쪽 눈은 보라색이 아닌 회색으로 물들어 있었다.

회색 바람의 힘을 혼합해서 사용하고 있었다는 증거였다.

"아프긴 한데, 내 껍질이 단단해서 말이야."

그리 말하는 와중에도 검을 휘두르고 있었다.

테카르탄은 뒤로 물러나려 했지만 경식의 배에 박힌 검이 좀처럼 떨어지지 않아 피하지 못하고 손을 들어 그것을 막았다.

보랏빛 소울 에너지를 잔뜩 머금은 마검이 테카르탄의 손을 베어 갔다.

쓰칵! 우우우웅!

주르르륵!

그제야 검이 자유로워지며 테카르탄이 뒤로 물러날 수 있었다.

테카르탄은 자신의 팔을 바라봤다.

그의 오른팔에는 검은 오러가 방패처럼 둘러싸여 있었는데, 그 오러에 균열이 일어나 보랏빛 기운이 스며들어 있는 상태였다.

그저 힘만 분출하고 날아가는 1단계가 아니었다.

그 힘을 분출하고, 성질을 변형시키는 2단계였다.

경식이 테카르탄의 손을 바라보며 눈을 부릅떴다.

순간.

콰아아앙!

테카르탄의 왼손에 둘러진 검은 오러가 폭발했다.

정확히는 스며들어 있던 보랏빛 소울 에너지가 폭발한 것이었다.

"……"

테카르탄은 황급히 뒤로 물러나며 경식을 바라봤다.

경식의 눈동자는 여전히 보라색이었다.

헌데, 한쪽 눈을 여전히 감고 있었다.

그리고 마검의 끝을 잡고 수평으로 들고 쭉 잡아당기고 있다.

마치 화살을 활에 끼워 넣고 시위를 당기는 것처럼 말이다.

그렇다. 경식의 보이지 않는 왼쪽 눈은 지금 푸른 허무와 접신을 하여 푸른색으로 물들어 있는 상태였다.

츠팡!

마검이 말 그대로 화살처럼 날아왔다.

보통 화살도 아니고 푸른 허무의 전력을 다한 화살이었다.

물론 테카르탄 역시 당황하긴 했지만 여전히 강력한 존재.

그의 검이 정확히 마검을 쳐내어 옆으로 튕겨 냈다.

그리고 반격의 준비를 하려던 찰나.

검에 박혀 있던 구슬이 묘한 빛을 발하더니,

폭발했다.

꽈아아아앙!

싸움이 시작될 때부터 혼정석에 축적해 왔던 기운이 폭발한 것이니, 소리는 요란하지만 그리 크게 피해를 가한 것은 아니었다.

하지만 충분히 예상 가능했고, 틈을 만들어 내는 것도 어렵지 않았다.

그리고 경식은 그 틈이 필요했다.

그의 몸이 용수철처럼 튕기듯 앞으로 다가가 주먹으로 테카르탄의 명치를 후려쳤다.

주먹을 날리는 경식의 두 눈동자는 붉게 물들어 있었다.

투마의 힘.

그 거대한 힘이 테카르탄에게 작렬하려했다.

'별거 아니네.'

경식은 승리를 확신했다.

때문일까?

테카르탄의 말려 올라가는 한쪽 입꼬리를 보지 못했다.

콰아앙!

짙은 흙먼지가 일어나고 그것이 걷혔다.

놀랍게도 둘은 다친 흔적이 없었다.

둘 사이에는 기둥 같은 거대한 검이 버티고 있었고, 그 검을 들고 있는 더욱 거대한 남자가 테카르탄을 찢어 죽일 듯 노려보고 있었다.

"이 음흉한 놈!"

"큭큭큭!"

테카르탄이 피식 웃으며 뒤로 물러났다. 제이크는 재빨

리 소울이터를 회수한 후 경식을 돌아봤다.

"괜찮으십니까!"

"왜 막았죠? 아니 그 전에 여긴 어떻게 알고 온 겁니까?"

"그렇게 소울 에너지가 방출되는데 오지 않을 리가 있겠습니까! 게다가 지금 죽을 뻔하셨습니다!"

"예? 그건 또 무슨 말이죠?"

죽을 뻔하다니? 지금까지 엄청 몰아세우고 있었는데?

하지만 제이크가 자신의 소울이터를 보여 준 순간 경식은 입을 꾹 다물 수밖에 없었다.

그 단단하던 소울이터에 금이 가 있었던 것이었다.

그것은 테카르탄의 공격을 받아 낸 결과일 것이다.

"······저는 놀아난 겁니까?"

"잘 싸워 주셨습니다. 단지····· 강한 주제에 저 녀석이 음흉할 뿐입니다."

제이크는 증오를 담아 테카르탄을 노려보았다. 테카르탄은 여전히 싱긋 웃으며 들고 있는 검을 까딱까딱 움직이며 여유를 부렸다.

뭔가 재미있게 놀았다는 듯. 한 사람 바보로 만들었을 때의 만족스러운 얼굴이다.

그것을 본 제이크가 오히려 피식 웃었다.

"저 녀석도 주인님께서 본심이 아니었단 걸 모르는 모양입니다만. 그래도 죽을 뻔한 건 마찬가집니다."

"……!?"

"이제부턴 내가 상대다. 너와 나. 참으로 오래도 끌었지."

왈칵!

제이크의 근육이 2배는 부풀어 오르더니, 다시금 줄어들며 갈색의 아지랑이가 불길처럼 타올랐다.

단숨에 2단계까지 몸을 끌어올린 것이었다.

"…….'

스멀스멀.

테카르탄의 몸에도 끈적끈적한 검은 기운이 아지랑이처럼 어리기 시작했다.

오러였다. 또한 마족이나 뿜어낸다는 암흑투기였다.

그 두개가 섞이니, 더욱 근본적인 악의 기운이 되어 주변을 오염시킨다.

존재 자체가 부정의 정화.

테카르탄은 검을 들어, 필생의 숙적인 제이크를 노려본다.

둘의 검은 어느새 가까워져 있었다.

두 검이 부딪치는 순간

둘 중 한 명은 분명 죽는다는 걸 보고 있던 모두는 직감했다.

물론 숨어서 보고 있던 사람 역시 직감을 한지라, 둘을 말렸지만 말이다.

　쭈우웅!

　밤하늘에서 뚝 떨어져 내리는 빛기둥!

　치이이익!

　"크윽!"

　그것은 테카르탄의 기운을 전면 부정하듯 태워버렸고, 제이크의 기운 역시 웅혼하게 뒤로 밀어내고 있었다.

　"이런 곳에서 목숨 걸고 검 섞기엔 둘의 명성이 너무 지나치지 그치?"

　검성.

　르아르거였다.

　"검성영감!"

　"허허, 제이크. 날 그렇게 부를 정도로 친했던가? 이거 기쁘군. 테카르탄. 오랜만일세? 한 15년 만인가? 그때부터 싹수가 거무튀튀하더니만 주변까지 물들이는 구정물이 되었군?"

　"……."

　르아르거는 온몸이 황금이라도 된 것처럼 빛났다.

　그리고 테카르탄은 그 빛나는 몸을 바라보는 것조차 부담스럽다는 듯, 뒷걸음질 쳤다.

"자네 주인은 잘 보관 중이라네. 구하려거든 황궁으로 오게나. 물론 그곳엔 내가 있으니 꿈도 꾸지 말고, 처형장에서나 기회가 있을 텐데, 그때도 꿈도 꾸지 말게. 알겠나?"

탓!

일이 이렇게까지 되자, 테카르탄이 뒤로 물러나며 도주했다.

어둠 속으로 불현듯 사라진 그의 모습을 하염없이 바라보다가, 르아르거가 어깨를 으쓱였다.

"마도국과 손을 잡고 저리 될 줄 누가 알았겠는가?"

"그건 나도 몰랐소. 과거의 친구로서…… 슬플 뿐이오!"

'테카르탄과 제이크가 친구였다고?'

새로운 사실을 알았다.

경식이 그런 생각을 하는 사이, 르아르거가 경식 일행을 바라보며 물었다.

"이곳엔 왜 와 있는 건가?"

"……."

이곳은 다름 아닌 테르무그 공작령.

마도국과 손을 잡고 반란을 꾀했다는 죄를 지어 몰락한, 폐쇄된 가문.

'어떻게 설명을 하지?'

경식은 뭐라고 대답을 해야 할지 몰라 아란츠를 바라보았다. 아무래도 자신보단 아란츠가 조리 있게 잘 속여 넘길 것 같았기 때문이고, 무엇보다 이곳은 아란츠의 가문이었기 때문이다.

"……."

아란츠는 이를 악물며 아무런 말도 하지 않았다.

하지만 그의 눈동자는 많은 것을 이야기하고 있었다.

분노. 억울함. 그리고 절박함.

르아르거의 경지가 지고한 것을 다행으로 여겨야 할까?

그 모든 감정을 읽은 르아르거는 경식 일행이 이곳에 온 이유를 짐작하곤 한숨을 푹 내쉬었다.

"가져가고 싶은 것은 모두 가져가게. 대부분 몰수 되었지만, 혹시 모르지. 가문에서만 전해져 오는 무언가가 있을지도 말이야."

"……!"

"그런 것이나마 가져가게. 금전적 도움이 시급할 때가 아닌가. 가문을 일으키기엔…… 말일세. 다시 한 번 말하지만 아란츠. 애석하게 되었네."

제 2의 드래곤 하트를 들킨 것인가 싶어 당황했지만, 그런 건 아닌 듯했다.

"오늘 이후로 눈에 띠면 엄벌에 처할 걸세. 내 말은, 눈에 띄지 말란 뜻일세."

그 말을 끝으로 검성은 사라졌다.

"……."

덩그러니 남겨진 경식 일행은 서로를 바라보며, 한동안 아무것도 할 수 없었다.

어느덧 새벽이 밝아오고 있었다.

Chapter 4
처형

철그렁. 철컹.

"흐으으으으으."

알스는 죽은 물고기 같은 눈동자를 감지 않았다. 그저 앞만을 주시했다.

눈앞엔 철창이 촘촘하게 있었다.

그리고 그의 팔에는 거대한 팔찌와 사슬이 메여 있었다. 무슨 짓을 한 건지 모르겠지만, 몸에 힘이 들어가질 않았다.

완전히 포박된 상태.

하지만 알스는 자신을 어떻게 가둬두고 있는지는 중요하지 않았다.

이곳이 어디인지는 대충 짐작이 간다. 한 곳밖에 없다. 빌어먹을 황궁의 감옥 어딘 가일 것이다.

그것보다 더욱 궁금한 것은, 자신을 왜 가둬두었냐는 것에 있었다.

"나를. 왜?"

그런데 자신을 제압한 사람이 기가 막힌다.

머릿속이 복잡했다.

"왜?"

배신감이 든다거나 하는 건 아니다. 애초에 동료애 자체가 없었으니까. 동료애 따위, 마도국 총수의 자식이 된 후부터 버린 지 오래다.

단지 그럴 이유가 없기 때문이다.

아니, 궁극적으론, 그럴 이유가 있긴 하다.

자신은 그저 구각랑을 완전하게 만들기 위한 도구에 불과할 테니까.

마도국의 총수에겐 그렇게 보일 테고, 그렇다면 그 역시 마찬가지일 테니까 말이다.

하지만 그는 지금 현재 영혼을 다 모으지 못했다.

완전하지 못하다.

그런데, 자신을 잡아둔다.

그리고 그 장소 역시 웃기지도 않는다.

마도국이 아닌, 황궁이라니?

언제부터 마도국의 총수가 황궁에 발을 들이밀 수 있게 되었는가 말이다.

"뭔가 있다. 뭔가 있는데……."

위우우우우우우웅.

그런 생각을 하고 있는데, 주변에서 기분 나쁜 손길이 그를 매만지는 것이 느껴졌다.

형상이 존재하지 않는 것들이다.

13마리의 망령.

자신이 부리고 있던 그 망령들이 알스의 통제를 벗어나자, 자신들을 혹사시키고 괴롭히던 알스에게로 칼날을 돌리는 것이다.

피식.

알스는 씩 웃었다.

힘을 못 쓰는 지금, 제 몸을 얼이기 위해 악령들은 부단히도 노력했지만 소용없다.

힘을 쓰지 못 하는 것일 뿐, 몸 안에 들어 있는 존재가 사라지는 것은 아니기 때문이었다.

구각랑.

애증의 대상이 된 녀석이 그의 몸. 아니, 그와 자신의 것이 되어 버린 몸을 지키고 있었다.

"끄떡없다, 이것들아."

크어어어어어.

13개의 영혼들이 알스의 몸을 들락날락거렸지만, 전혀 신경 쓰이지 않았다.

신경 쓰인다면 오직 하나.

바깥에서부터 점점 커지고 있는 발소리뿐이었다.

투벅. 투벅.

끼이이이이이이익.

문이 열리고, 그를 이렇게 만든 장본인이 들어왔다.

알스는 그를 똑바로 바라보며 말했다.

"하나만 물어보자. 뭐냐 대체?"

그 말에, 남자가 말한다.

"구각랑을 완전히 소생시킬 필요가 없어졌다. 그러니, 너는 이제 구각랑에게 몸을 잠식당하면 된다."

"큭큭…… 처음부터 그럴 생각이란 건 알았다만, 이거 너무 빠르잖아?"

"긴말 필요 없다. 계약이었지 않나?"

"……크흘. 그렇지만 말이야."

알스는 상황을 파악하고 씩 웃었다.

"이미 내가 구각랑을 먹은 상황에서, 굳이 꺼내줄 이유가 있을까?"

"물론 말로 해선 안 되겠지."

그가 검을 들었다.

알스는 웃었지만 입꼬리가 푸들푸들 떨려 왔다.

으아아아아아아아아악!

알스의 비명 소리가 감옥 안을 가득 메웠다.

고문은 한참 동안이나 계속되었다.

*　　　*　　　*

며칠이 덧없이 흘러갔다.

파티는 고른 백작과 오르거. 그리고 아란츠와 슈아가 즐기며 주변의 동향을 살피고 있었다.

그러면서 안 사실은,

아란츠를 노리고 있는 이들이 상당히 많다는 점이었다.

대부분 숙적을 대할 땐 겉으로는 웃으면서 뒤에선 칼을 가는 부류가 많다.

그런데, 아란츠를 대할 땐 모두가 얼굴을 굳히고 죽일 듯이 노려본다.

100명의 처녀.

그중에 포함 된 귀족가의 처녀들.

그녀들의 부모 혹은 형제들.

그들은 아란츠를 자신의 딸. 혹은 여동생의 원수로 보고 있는 것이다. 그리고 그것이 사실인지라, 아란츠는 그런 시선을 받으면서도 무릎이라도 꿇을 듯한 얼굴로 사과했다.

하지만 그 한 마디로 해결된다면 세상 참 쉬울 것이다.

설상가상으로 흑마법과 결탁했다는 오해까지 받고 있는 상황이다.

아마 아란츠가 소드마스터에 근접해 있지 않았더라면, 벌써 결투 신청이 왔거나 칼부림이 나도 이상하지 않을 상황.

무겁고 싸늘한 공기가 그를 짓눌렀다.

"댁이 내 여동생을 죽게 만든 역적 가문의 생존자요?"

"……"

아란츠의 이가 꽉 깨물어졌다.

울컥 끓어오르는 감정을 겨우 누르며, 그는 깊숙이 고개를 숙였다.

"정말 죄송합니다."

"죽어서 사죄해야겠지. 나중에 좋은 기회가 있을 거요."

팍!

거의 주먹으로 때리듯이 어깨를 치고 지나가는 남자.

그 남자의 이름은 보거슨이다.

예전. 테르무그 공작령의 위세가 하늘을 찌를 때, 친하게 지내자며 먼저 손을 건넸던 사내.

그 사람이 바로 적이 되었다.

"하아……."

한숨이 내쉬어진다.

오르거가 그런 아란츠의 등을 두들겨 주었다.

"너무 상심 말게. 오해라는 것을 아는 사람도 있지 않은가."

"조금, 견디기 힘드네요."

따지고 보면 그의 잘못도 아니며, 가문의 적자임을 포기해 버리면 자신 역시 피해자라고 대변할 순 있다. 물론 책임을 아주 회피하진 못하겠지만.

하지만 그는 그러지 않았다.

망한 공작가의 적자임을 포기하지 않는다.

그는 자신이 처한 상황을 부끄러워하거나 숨기려하지 않고, 직접 부딪혔다. 그 때문에 주변의 원성을 사버렸지만, 후회 역시 없었다.

"쯧…… 허허, 참."

고른 백작 역시 아란츠의 그런 모습을 안쓰럽게 바라봤다. 그런데 아란츠는 오히려 그런 고른 백작에게도 미안한 얼굴을 한다.

"죄송합니다. 저 때문에."

사실, 아란츠 옆에서 아란츠와 함께 있다는 것 자체가 역

모를 꾀했다는 증거가 된다. 그리고 고른 백작은 실지로 쿠데타를 일으키려 하였다.

그리고 옆엔 마도국과 결탁했다고 알려진 가문의 적자. 아란츠가 있다.

둘이 친하다.

그렇다면?

아란츠 옆에 있는 놈들이 한통속이라는 생각을 하게 만든다.

'황제가 머리를 아주 잘 썼군.'

지금 보니, 황제의 심리전에 말린 기분이다.

'어찌 되었건, 지금은 참아야겠지.'

모든 것은, 마도국의 왕자라는 녀석이 공개처형을 당할 때 확실하게 결정될 것이다.

그때까지는 우선 참으면서 동향을 살피는 것도 나쁘지 않다.

"이렇게 된 거, 술잔이나 기울이지."

"저도 그렇고 싶습니다만."

듣고 있던 오르거가 쓴웃음을 머금었다.

"왜 그러는가?"

"느껴지지 않으십니까?"

"흠!"

고른 백작은 신경을 예민하게 하여 주변의 기감을 모두 살폈다. 그러자 묘한 기운이 느껴졌다.

얇고 단단한 꼬챙이 같은 기운.

고도로 농축한 살기!

그 기운은 자신이 아닌, 자신의 바로 옆에 앉아 있는 오르거를 향하고 있었다.

'도대체 누가?'

하지만 찾아 헤맬 필요도 없었다.

살기를 보낸 장본인이 앞으로 걸어와 고른 백작에게 인사를 건네 왔기 때문이다.

"여태껏 알은 채를 못 해서 미안하군, 고른 백작."

손을 내미는 손길에, 고른 백작이 눈앞의 남자를 살폈다.

30대 중반의 얼굴. 짙은 눈썹. 초록색의 눈동자.

검 수련을 숲에서 하며 엘프와의 친교로 인해 그들의 검술을 익혔다고 전해지는 숲의 검사 터빈 백작이었다.

그는 제국의 소드마스터이고, 오르거와는 호적수이기도 했다.

아니, 호적수라기보단, 검 실력으로 얽히고설킨 증오스러운 관계라고 해야 할 것이다.

백작이 그의 손을 맞잡았다.

"반갑네. 괘념치 말게."

"그럼, 괘념치 않겠네."

"……허허허."

역시 고른 백작과의 인사는 요식행위이고, 그가 만나고 싶었던 대상은 그가 아니었던 모양이다.

"오랜만이로군, 오르거 자작."

"오랜만이로군. 터빈."

피식.

둘은 피식 웃으며 서로를 바라봤다.

"내가 백작이고 네가 자작인데, 말을 너무 쉽게 뱉는군?"

"나이가 비슷한데 뭐가 문제야?"

"큭큭! 건방진 놈."

"오히려 신체 나이는 너보다 내가 더 많으니, 네가 존댓말을 써야 하는 것 아니겠냐?"

"너보다 빨리 소드마스터가 되었을 뿐이다. 노화가 더디지."

"잘나셨군. 그놈의 소드마스터."

"큭큭큭큭! 건방져졌어."

둘은 앙숙이었다. 서로를 인정하려 하지 않았다. 더군다나 5년을 앞질러 터빈 백작은 소드마스터가 되었다.

그것으로 게임은 끝났다.

5년 동안. 오늘에 와서야 오르거 자작을 보기 전까지 터빈 백작은 그렇게 생각했다.

하지만 소드마스터가 된 오르거를 보았고, 주체 못할 투기를 느꼈다.

그가 알던, 자신보다 밑바닥의 오르거 자작이 아니었던 것이다.

"소드마스터가 되었군."

"너와 같은 오러를 뽑아내지."

"……."

"……."

둘은 말없이 서로를 노려봤다.

하지만 말이 없을 뿐 어깨의 움직임. 눈의 움직임. 손짓. 그리고 발을 미묘하게 움직여 서로를 견주고 있었다.

그리고 둘이 느끼기에, 서로는 직접 검을 맞대지 않는 이상 승부를 가리기 어렵다는 판단을 내렸다.

"5년 넘게 무엇을 한 것이야? 경지에 오른 지 얼마 되지도 않았거늘."

"……그것은 지금이라도 맞대어 보면 알 일."

스르릇.

터빈의 검이 뱀처럼 뽑혀져 나오기 시작했다.

하지만 오르거는 검을 뽑지 않았다.

"소드마스터가 되어 배운 것이 있다면, 그것은 바로 더욱 더 참는 방법이다."

"……지금 도망치는 것이냐?"

터빈의 도발에 오르거는 의연하게 대처했다.

"같은 경지인 게 부끄럽군. 고작 이 상황에서 한다는 게 그따위 저급한 도발이라니."

"크크큭! 재밌군."

착!

검을 집어넣은 터빈이 유들유들하게 웃으며 뒤돌아 사라지며 말했다.

"기회가 있겠지."

오르거가 터빈을 바라보며 조그맣게 읊조렸다.

"나도 그리 생각한다."

꽈아아악.

오르거의 손이 허리에 찬 검을 구길 듯이 쥐었다.

그것을 본 고른 백작과 아란츠가 그런 오르거를 다독여 준다.

그 모습을 조용히 지켜보던 슈아는 잔에 담긴 술을 홀짝거렸다.

그리고 유들유들한 웃음을 지으며 다가오는 한량을 향해 마지못한 미소를 지어 보였다.

"레이디. 음악과 함께 춤이라도……?"

"감사합니다만 사양하겠습니다."

"하하. 아……예."

남자는 뭐라도 씹은 표정으로 그 자리를 벗어났다.

손가락으로는 셀 수도 없을 만큼 많은 이들이 슈아에게 춤을 청했지만, 슈아는 그에 응하지 않았다.

"흐으음. 이렇게 따분한 거였구나."

슈아는 한숨을 내쉬며 하늘을 바라봤다.

그녀는 마음속으론 그곳에 한 사람의 얼굴을 그려내고 있었다.

*　　　*　　　*

"흐음. 오늘도 덧없이 날이 흐르는군."

경식은 광장에 나와 비둘기 모이를 주며 한가롭게 주변을 둘러보고 있었다.

이곳에 온 이유는, 또다시 그 닭둘기 녀석을 볼 수 있지 않을까 싶어서였다.

하지만 그 녀석은 더 이상 나타나지 않았다.

그저 비둘기에게 줄 빵가루만 흩어져 날아갈 뿐이랄까?

뭐, 처형 일까지 기다려야 하는 경식 입장에선, 이것 역시 이 지루한 수도에서 할 수 있는 몇 안 되는 유희거리이기도 했다.

그는 상념에 잠겼다.

'황제가 정말 치매일까?'

[아니라니까? 그는 치매가 아니야.]

'그럼 뭔데?'

[다시 말하지만, 뭔가가 씌어 있어.]

'빙의라고?'

[그렇지만…….]

'그렇지만?'

구미호는 확신이 없다는 듯 말을 이었다.

[빙의가 된 영혼이 보이지 않아. 마치 자기 자신에게 빙의가 된 듯한…… 에이, 내가 무슨 소리를 하고 있는 거야?]

'흐음. 역시 알스의 처형 일까지 기다려 보는 수밖에 없겠네. 부디 자신이 한 말을 지켜줬으면 좋겠다.'

사실 따지고 보면 좋은 상황임에 틀림없었다.

경식 일행을 척살하려면 벌써 그렇게 했을 것인데, 지금 그들은 살아 있다.

그들이 필요하기 때문에 살려 둔다.

그리고 필요한 이유는, 마도국을 칠 때에 전력에 보탬이 되게 하기 위함.

그렇게만 되어 준다면 쿠데타도 없고, 앞으로 경식의 파란만장해진 인생 역시 조금은 편해질지 모른다.

'더군다나 알스 그 녀석도 사라져 준다면…….'

그런데, 여기서 조금 이상하다.

그가 아는 알스는 그렇게 빨리 잡힐 인물이 아니었던 것이다.

"검성에게 당한 건가?"

그렇다면 이해가 간다.

하지만 알스가 있던 당시, 검성이 수도에 있었으리란 보장이 없다.

검성 역시 이번 일을 빌미로 황제가 불러들인 것이라고 들었기 때문에 꽤나 신빙성 있는 추리였다.

검성이 아니라면, 과연 누가 알스를 제압할 수 있었을까?

"직접 물어볼 수도 없고. 흐으……."

경식은 문득 황궁이 있는 곳을 바라보았다.

저 으리으리한 황궁 안 어딘가에 알스가 포박되어 있겠지.

그리고 경식 역시 황궁에 기거하고 있기는 한 상태.

"한 번 가보고 싶은 마음도 있긴 하고 말이지."

아무래도 황제에게 한 번 물어봐야겠다.

일단 자신을 신뢰하고 있진 않지만, 요긴하게 쓰일 패 정도로 생각하고 있긴 할 테니, 어쩌면 들어줄 수 있을지도 모르기 때문이다.

그런 생각을 하고 있는데, 모이를 주고 있는 손을 뭔가가
툭툭 건드렸다.

뭐랄까. 형체화 된 바람 같은 느낌. 산들바람처럼 시원한
느낌이 든다.

그곳으로 고개를 돌리자,

굉장히 비대한 비둘기 한 마리가 경식을 날카로운 눈초리
로 노려보고 있다.

바로 그 닭둘기 녀석이었다.

"너 이…… 그, 그래. 널 보러 이곳에 온 거지."

경식은 남은 빵을 모두 닭둘기에게 건네주었다.

그러자 닭둘기는 자신을 거지 취급 하는 거냐는 식으로
그 빵 부스러기를 부리로 쳐냈다.

"이 녀석이?"

척!

대신에, 닭둘기는 손. 아니, 날개 한쪽을 경식에게 악수하
듯 내밀었다.

도대체 무슨 의도일까?

잠시 망설이던 경식은, 생각을 접고 조심스럽게 날개 끝을
맞잡았다.

그러자 청량한 기운이 경식에게 유입되어 들어왔다.

"으음!?"

이 기운이 무엇인지 알 수 없었다.

다만 확실한 건, 이대로 가만히 있고 싶다는 충동에 가까운 믿음.

경식은 눈을 감고 소울 브리딩을 시작했다.

그것은 마치 태어나자마자 어미의 젖을 찾는 아이의 본능과도 같았다.

소울 브리딩을 하자 유입되어 들어오는 기운이 더욱 강맹해졌다.

그리고 그의 몸속에 있는 모든 것들을 감싸 돌기 시작했다.

경식은 무의식 아주 깊은 곳으로 침잠해 들어갔다.

그리고…….

"욱…… 우웩!"

푸학!

경식이 울컥, 올라오는 검은 피를 토해 냈다.

위험한 상황은 아니었기에, 가만히 지켜보고 있던 구미호가 소스라치게 놀랐다.

[경식아, 무슨 일이야? 왜, 왜 그래?]

"아, 아니. 후우. 후…….."

경식은 자신이 내뱉은 검은 피를 주시했다.

치이익—

검은 피는 금세 땅으로 흡수되었다.

그것은 피가 아니었다.

영혼의 조각.

그리고 쉽게 말하자면, 영혼의 노폐물이다.

필요 없는 영혼의 찌꺼기를 내뱉은 것이다.

그리고 이 개운함은 마치…….

"때밀이 아저씨한테 일 년치 때를 한번에 밀린 기분이야!"

[무슨 개소리니?]

"닭둘기. 닭둘기는?"

경식과 구미호가 주변을 둘러보았지만, 닭둘기는 그 어디에도 없었다.

"뭐였지? 내가 혹시 그 녀석을 흡수한 건가?"

[그건 아니야. 내 꼬리에 변화가 없어.]

그리고 그렇게 쉽게 경식에게 몸을 내어 줄 녀석이었으면 신나게 도망치지도 않았을 것이다.

"도대체 그 녀석. 정체가 무얼까?"

알 수 없었다.

하지만.

다시 만날 것 같은 강한 느낌이 들었다.

*　　*　　*

"흐으으으……."

기나긴 한숨이 토해졌다. 그리고 그 한숨보다 긴 정적이
허공을 덮었다.

그것의 반복이었다.

주변엔 아무것도 없었고 아무것도 보이지 않았다.

그런 와중에, 꿈을 꾸었다.

그에게 유일하게 남아 있던 친구들에 대한 이야기였다.

"안녕? 난 알스라고 해."

"내 이름도 알스야. 잘 부탁해."

*"어? 나도 알스야. 혹시 이곳에 있는 모두가 같은 이
름인가?"*

"나돈데?"

"나도!"

열 셋…… 아니, 열 넷의 알스가 그곳에 있었다.

그들은 갑작스럽게 만나게 되었으나, 그 이전의 기억은 어
디에도 없었다.

그저 그들의 이름은 알스였고, 똑같은 7살 소년들이었다.

부모가 누구인지조차 알지 못하는, 그저 주변에 있는 모

든 것이 의미 없는 어린아이들.

그것이 열 넷의 알스들이 인생 처음으로 가지게 된 기억이
었다.

이곳이 도대체 어디일까?

머지않아 알게 되었다.

상당히 무서워 보이는 어른 한 명이 다가왔기 때문이다.

"너희들은 알스다."

그것은 이미 알고있는 내용이었으나, 아무도 입을 열지 않
았다.

"그리고, 이곳에서 평생을 살아야 한다. 먹을 것은 줄
것이다 . 물도 줄 것이다. 단. 공짜는 아니다. 너희들은
이곳에서 훈련을 받을 것이다. 훈련의 성과가 있는 녀석
들은 밥을 줄 것이고, 성과가 없는 놈들은 밥을 주지 않
을 것이다."

그때는 그 말이 얼마나 무서운 말인지 알지 못했다.

하지만 곧 그 훈련이란 것을 받게 되었다. 그 기괴한 공부
에 진저리를 치며 울음을 터뜨리는 아이들이 늘어나고, 그것

에 대한 보상과 벌점으로 밥의 양이 나뉘는 꼴을 보며 모두가 독해져야만 했다.

남자의 요구에 가장 잘 이행한 알스는, 다른 알스에 비해 식사를 3배나 많이 받았다.

반면 그렇지 못한 알스는 아무것도 얻지 못해 굶어야 했다.

일주일이 지났을까?

아무것도 얻지 못한 또 다른 알스는 계속해서 쇠약해져 갔고, 죽음 직전에까지 이르게 되었다.

가장 성과를 얻은 알스. 즉, 가장 강한 알스는 자신의 밥을 가장 약한 알스에게 나누어 주었다.

"고, 고마워."

"친구잖아."

"치, 친구······? 우리?"

우리는 친구.

아니, 형제.

우리는 형제야. 피를 나눈 형제. 더없이 가까운 사이.

열네 알스들에게 끈끈한 감정이 싹트는 순간이었다.

그때부터 그들은 모든 것을 함께 나누었다.

강한 알스는 약한 알스들에게 밥을 나누어 주었고, 다른 알스들 역시 그것은 마찬가지였다. 결국 누가 강하건 누가 약하건 간에 그들은 똑같은 양의 밥을 먹을 수 있었다.

어린 마음에 그렇게 한 것이지만, 머리가 좀 굵어져서는 의문이 들었다.

이런 편법을 써도 되나? 곧 제지를 당하는 것은 아닐까?

하지만 왠지 남자는 그것을 제지하지 않았다. 아니, 알았다면 제지를 했을 텐데, 알려고 하지 않았다.

별로 관심이 없다는 듯 행동했다.

알스들에겐 다행인 일이었다.

그렇게 몇 년이 흘렀다.

뼈를 얼릴 것 같은 추위에 견디고, 검을 연마하고. 마나를 돌리는 법을 연마했다.

일 년이 더 지나갔다.

하루에 열네 마리의 괴수들이 들어왔다.

첫 날엔 고블린.

둘째 날엔 오크.

셋째 날에는 놀.

알스들의 실력이 올라갈수록 몬스터들이 강력해져만 갔다.

그리고 이 년이 지난 후, 알스들은 열네 마리의 오우거들을 만나야만 했다.

강한 알스는 오우거를 능히 잡을 수 있었다.

하지만 약한 알스들은 협공으로 쓰러뜨려야 했다.

그리고 가장 약한 알스는?

가장 강한 알스의 보호를 받아 겨우 생명을 유지했다.

"크아아아아!"

가장 강한 알스는 급기야 세 마리의 오우거와 대치해 있었다. 단신으로도 힘든 싸움을 가장 약한 알스를 보호하며 헤쳐 나가야 하는 상황.

말 그대로, 죽을 수도 있는 상황.

그리고 강한 알스는 강함 탓에, 죽음의 위기를 지금껏 느끼지 못했었다.

언제나. 약한 알스를 대동하고도 잘 대처해 왔으니까 말이다.

하지만 지금은 달랐다.

그러기엔 오우거들이 너무 강했다.

크아아아아아!

"큭!"

오우거 한 마리가 휘두른 방망이에 강한 알스가 맞고 튕기듯이 쓰러졌다.

약한 알스는 그걸 보고 대경실색했다.

"살려 줘! 쓰러지면 어떻게 해! 살려 줘!"

"......"

그는 강한 알스를 걱정하지 않았다. 약한 알스는 그저 자신의 목숨을 걱정했다.

강한 알스 역시 죽음을 직면하는 상황인데, 약한 알스는 자신의 목숨만을 생각하고 있었다.

'저 새끼가.'

처음으로 든 반감의 감정.

깨끗하던 물 위에 핏방울이 맺혀 붉게 물드는 것처럼 그의 마음이 분노로 물들어 갔다.

주위를 둘러보았다.

모두가 방어에만 치중할 뿐, 목숨이 위험할 것 같은 대담한 공격은 하지 않고 있었다.

마치 시간을 버는 듯했다.

가장 강한 알스가 오우거를 차례대로 죽일 때까지 버티는 양상.

그들은 상처 하나 없었다.

다치고 힘든 건 가장 강한 알스 한 명뿐.

여태까지 그래왔고, 앞으로도 계속 그럴 것이라는 듯, 나머지 13명의 알스는 방어만을 하고 있었다.

눈앞엔 오우거가 그에게로 달려오고 있었다.

가장 강한 알스는 결심했다.

그는 맞서지 않고 오우거들의 공세를 피해 갔다.

모두가 오우거들의 공격을 막거나 피한다. 가장 강한 알스 역시 마찬가지가 되자, 양상이 크게 달라졌다.

가장 약한 알스의 머리가 산산조각 부서졌다.

투툭—

친구의 죽음.

전투 중에도, 모두가 슬퍼한다.

"뭐 하고 있는 거야!"

"크흑! 너 왜 알스를 죽였어!"

가장 강한 알스에게 쏟아지는 질타.

그걸 듣고, 가장 강한 알스는 깨달았다.

이들은 친구가 아니었다.

그저 가장 강한 알스를 이용하며 지금까지 생명을 연명해 온, 쓰레기들이었다.

"너네끼리 잘 해 봐. 내가 없으면 아무것도 못 해?"

푸학!

말하는 순간 또 다른 알스의 몸통이 날아갔다.

강한 알스는 그 틈을 타서 오우거의 등 뒤를 노려 심장을 찔렀다.

한 마리의 오우거가 죽었고, 한 명의 알스 역시 죽었다.

강한 알스는 또다시 기다렸다.

모든 알스들이 그런 알스를 원망 섞인 눈초리로 바라봤다.

"우릴 다 죽일 셈이냐!"

"내가 죽게 생겼는데, 너네는 방어만 했잖아?"

다시 한 명이 죽었다.

그 틈을 타, 또 한 마리의 오우거를 도륙했다.

편했다.

일전에 트롤을 상대할 때보다 지금이 훨씬 편리했다.

남을 희생시키면, 이렇게 편하게 목적을 달성할 수 있었다.

이걸 지금에서야 알다니?

푸학!

푸욱!

털썩. 털썩.

오우거가 모두 쓰러졌다.

남은 알스는 네 명이었다.

다른 알스들 역시 많이 다친 모습으로 서 있었지만 가장 강한 알스는 멀쩡했다.

다른 알스들을 희생시켜 얻은 승리였다.

덜덜덜.

나머지 알스들은, 가장 강한 알스의 눈치를 살폈다.

분명 친구였지만, 이제는 적보다 무섭다.

"친구는 무슨. 지금껏 나를 이용해서 살았으면서. 기생충처럼."

강한 알스는 진실을 알아 버렸다. 그리고 다음 달까지, 동공에 몬스터들이 출입하는 일은 없었다.

식사는 가장 강한 알스에게만 주어졌다. 나머지 세 명의 알스들은 한 명 분의 식사로 나눠먹어야 했다.

"식량을 나눠 줘."

식사량이 모자랐던 알스 한 명이 조심스럽게 말을 꺼냈다. 그러나 가장 강한 알스는, 피식 웃으며 고개를 저었다.

"싫어."
"……."

싸늘한 한마디에, 그는 이를 악물고 자리로 돌아간다. 그렇게 일주일이 지났다.

아사 직전까지 몰린 세 명의 알스는 가장 강한 알스가 잠을 자는 틈을 타 검을 들었다.

푸하악!

"끄으윽!"

가장 강한 알스의 심장이 뚫렸다.

나머지 세 명의 알스는, 가장 강한 알스가 모아 둔 식량을
허겁지겁 먹기 시작했다.

　　"네가 이기적이니까 이렇게 된 거야!"
　　"죽어라! 죽어!"
　　"이제 몬스터도 안 와. 너 따윈 필요 없어!"
　　"끄으으윽."

마지막까지 방심하지 말아야 했다.
그랬어야 했는데, 이미 심장이 뚫리고 말았다.
하지만 그때. 누군가의 목소리가 들려 왔다.
탁하고 칙칙한 목소리였다.

　　[이대로 죽기엔 억울하지 않느냐.]
　　"억울…… 억울……!"
　　*[넌 친구를 믿다가 이렇게 되었다. 믿다가 이용당했
　고, 믿다가 죽었다. 내가 살려 주면 어떻게 할 거냐?]*
　　"죽일……죽일 거야."
　　[그래.]

그 말이 끝난 직후, 구멍 난 가슴이 채워졌다.

무엇으로 채워졌는가? 바로 사령의 보옥이다.

심장 대신, 알스는 사령의 보옥을 가졌다. 그리고, 가장 강한 알스는 나머지 알스들을 죽였다.

제발 살려달라는 그들을 죽였다.

웃으면서 죽였다.

이상하기도 했다.

분명 시체는 3구인데, 13개의 알스가 보였다.

그들은 자신을 노려보고, 원망하고 있었다.

영혼이 보인다.

이상한 일이었다.

열 세 명의 망령들.

알스는 그들을 그렇게 불렀고, 그들을 전부 흡수하여 구각랑의 두 번째 뿔을 만드는 데에 성공했다.

그것이 알스의 시작이었다.

그는 구각랑에게 먹히지 않기 위해 항상 노력했고, 영혼을 얻어 강해지기를 갈망했다.

알고 있었다. 그의 운명을.

결국 그 역시 구각랑의 먹이였음을. 그리고 테카르탄이 그런 알스의 감시 역을 맡은 사실까지도.

하지만 믿었다. 구각랑에게 먹히지 않을 것이라고.

위험한 순간은 매번 있었지만, 지금까진 괜찮았다.

그런데, 지금 그는 잡혀 있다.

고문까지 당하고 있었고, 몸은 쇠약해질 데로 쇠약해진 상태였다.

13마리의 망령들이 그런 그를 밤낮으로 시달리게 했다.

"으으. 끄으으으!"

알스의 외형은 벌써 반쯤은 늑대가 되어 있었다. 송곳니가 가득하고 늑대의 귀가 나 있다. 온몸에는 회색 털이 나 있었고 키 역시 3미터로 거대해졌다.

그럼에도 불구하고 그는 병약해 보였다.

뿔 역시 3개가 돋아나 있다.

구각랑에게 먹히기 일보직전.

'내가 죽을까 보냐.'

하지만 그는 이를 악물고 버텼다. 버티고 또 버텼다. 죽을 때까지 버티면, 죽지 않는다는 걸 이미 그는 몇 차례의 주도권 싸움에서 알고 있었다.

뚜벅. 뚜벅. 뚜벅. 뚜벅.

걸음소리가 들린다.

이 빌어먹을 곳에 그를 쳐 넣고, 고통을 주기 위해 갖가지 방법을 사용한 녀석이 이곳으로 오고 있었다.

"테카르탄……."

"놀랍군. 아직까지 입을 열 수 있다니."

"난 굴하지 않을 것이다. 굴하지…… 않을 거야."

"그래. 질리도록 알고 있다. 죽였으면 싶지만, 그분의 명령 없인 죽이지도 못한다."

그 말에, 알스가 씩 웃었다.

"마도국 총수의 개."

"충견이라 해 주겠나?"

푸학!

"끄으으윽!"

어느새 테카르탄의 검 끝이 알스의 어깨를 찌르고 지나갔다. 알스는 끔찍한 고통에도 이를 악물며 웃었다.

"그런다고, 내가 눈 하나 깜짝할 것 같은가아아아!"

그의 목소리가 좁은 공간에 쩌렁쩌렁 울린다.

테카르탄은 씩 웃으며 아무 말도 하지 않았다.

하지만 그 말에 대한 대답은 분명히 들려 왔다.

"그래. 너를 그렇게 키우지 않았었다."

"……!"

익숙한 목소리였다. 꿈에라도 들을까 무서운 목소리였다.

그 목소리를 듣자마자 질기던 그의 정신 끈이 끊어질 정도로 말이다.

"끄아아아아아아아악! 당신이. 당신이 어떻게에에에에에!"

눈앞에 나타난 인물은 그가 알던 그 인물이 아니었다.

하지만, 그 눈동자만큼은 정확하게 기억하고 있었다.

무지갯빛 눈동자.

형용할 수 없는 그 프리즘 색깔의 눈동자는, 아무나. 아니. 이 세상에서 단 한 명만이 가질 수 있는 종류의 눈동자였다.

그는 피식 웃으며, 그 무엇도 자신의 발아래 있다는 듯 오만한 눈동자로 알스를 내려다보았다.

"질기구나."

"다, 당신. 당신이…… 당신이 어떻게. 어떻……어떻게."

덜덜덜덜.

지금껏 악바리처럼 버티던 알스는 온데간데없었다.

그저 어린아이.

딱 어린아이가 사자를 앞에 두고 울음을 터뜨리는 것과 비슷해 보인다.

"다, 당신. 당신이 왜. 왜…… 도대체 왜……."

왜…….

그것이 알스의 마지막 의식이었다.

알스는, 눈앞의 인물을 마주할 자신이 없어 스스로의 의식을 죽여버렸다.

곧 알스 안의 다른 것이 튀어나왔다.

구각랑.

[크르르…….]

구각랑이 깨어나, 눈앞의 남자를 보았다.

[……!]

구각랑 역시, 눈을 부릅뜬다.

노쇠한 몸에 힘입어 이곳에 강림한 그 남자는, 눈앞의 구각랑을 보며 피식 웃어버렸다.

"잠들어라."

"……."

눈을 꾹 감은 구각랑은, 이내 그가 말한 대로 순순히 잠에 들었다.

그것을 옆에서 지켜보던 테카르탄이 무릎을 꿇었다.

"직접 오시게 하여 죄송합니다."

"아무렴. 확실한 게 좋다."

그는 그 한마디를 남긴 후, 이곳을 빠져나가며 말했다.

"따라오라. 이곳에 존재할 수 있는 시간이 적다."

"존명."

테카르탄이 그의 뒤를 따랐다.

그는, 고고한 눈빛으로 주변을 둘러보며 앞으로 걸어 나갔다.

*　　　*　　　*

테카르탄은 그의 뒤를 쫓아 걸어갔다. 황제는 조용히 주변을 둘러보며 작게 감탄했다.

"놀랍구나."

"그렇습니다."

"인간이 만든 가장 거대한 성이구나."

"……."

테카르탄은 말없이 황제를 따라 걸어갔다.

황제는, 그 무지갯빛 눈동자로 주변을 끊임없이 둘러보며 말을 이어 갔다. 애초에 테카르탄의 대답 따위 들리건 안 들리건 상관이 없었다.

"나는 인간이 싫다. 더러운 종자. 세상에서 없어져야 할 쓰레기라고 생각했다. 하지만 그들보다 나약한 존재가 되고 나서 깨달은 것이 있다. 인간이란 참 재미있는 종족이다."

그는 황성을 나섰다.

황제가 밖으로 나가는데, 아무도 그런 그를 잡으려 하거나 보필하려 하지 않았다. 아예 황제가 바깥으로 나가는 것을 이 황궁에 있는 모든 사람이 모르는 것 같았다.

그게 바로 황제에게 강림하고 있는 존재의 힘.

그저 생각하는 대로 이뤄지게 하는 고고한 힘이었다.

"인간을 죽이는 것은 그만두었다. 하지만, 개체수를 대폭 줄일 필요는 있겠구나. 나의 종족에게, 많은 방해가 된다.

그때 너를 귀하게 쓸 것이다."

"감사합니다."

어느새 둘은 목적지에 도달해 있었다.

그곳은 바로, 황권과 맞먹는다는 교권의 본 거지인 대사원이었다.

"이곳에 있는 모두를 죽여야 할 것이다. 가능한가."

"불가합니다."

"나는 지금 함께할 수 없다. 그러니 혼자 해야 한다. 다시 한 번. 가능한가?"

"다시 한 번. 불가능하다 말씀드릴 수밖에 없습니다."

그 말에, 황제의 몸을 뒤집어쓴 누군가가 심심하게 웃었다.

"일을 귀찮게 만들어야 하는군."

"면목 없습니다."

"다음엔 실망시키지 말라."

황제의 몸을 뒤집어쓴 이와, 테카르탄은 대제사장을 찾아 걸음을 옮겼다.

지나치는 사람마다 그들을 발견하지 못했다.

마치 그들이 실체가 없는 영체라도 된 듯이, 아무도 그들을 보지 못했다.

안채로 들어가니 성기사들이 자리를 지키고 서있다.

그리고 그 중엔, 아그츠 역시 포함되어 있다.

"……?"

그가 황제를 발견하고 다가왔다. 그는 보이는 것이다.

"폐하께서 무슨 일이십니까."

그 말에, 황제는 눈을 지그시 감고 웃으며 말했다.

"대제사장을 보러 왔다."

"대제사장님을 말입니까?"

그리 말하며, 아그츠는 옆에 시립해 있는 남자를 보았다.

어디서 많이 본 이었다. 그리고 기억이 났다.

눈을 부릅뜬 아그츠는 검을 뽑아 들었다.

"이, 이자는!"

푸하아악!

"……!"

아그츠는 자신의 가슴에 꽂힌 검을 믿을 수 없다는 듯 바라보며 쓰러졌다. 모두가 그런 아그츠를 보고 달려왔지만, 정작 아그츠를 찌른 테카르탄과 황제는 보지 못하는 듯했다.

황제는 옅은 한숨을 내쉬며 앞으로 걸어 나갔다.

"왜 죽였는가."

"방해가 될 것 같았습니다."

"그 말을 들으니 그렇겠군."

아그츠는 뭐라고 말을 하려 했다. 하지만 폐까지 함께 찔려서인지 입만 뻥긋거릴 뿐이었다.

'황제폐하께서…… 왜?'

그리고 테카르탄은 왜?

그게 그의 마지막 생각이었다.

그가 쓰러지고 나서도 황제와 테카르탄의 행보는 계속 되었다.

그를 볼 수 있는 이는 그 이후 아무도 없었다.

대제사장에게까지 도달하고서야 그들을 볼 수 있는 이가 있었다.

바로 대제사장 본인이었다.

"신께서 그러시더군요. 당신은 인간들을 멸망케 할 거라고."

황제의 탈을 쓴 그가 씩 웃었다.

"진정 신과 소통할 수 있는 이로군. 맞았다."

황제의 손이 대제사장의 머리에 얹어졌다.

대제사장은 자신의 운명을 아는지, 눈을 꾹 감았다.

"신이시여……."

그는 더 이상 신을 찾지 못하게 되었다.

아마 알스의 처형식에서 무슨 일이 일어나건, 교권은 움직이지 않을 것이 분명했다.

유유히 걸어, 둘은 다시금 황궁으로 향해 갔다.

가는 길 광장을 바라보며 황제가 말했다.

"드래곤 하트는?"

"……보고 드린 바 있습니다."

"그런가. 그래. 그랬군."

아쉬움이 묻어나는 목소리다. 하지만, 대세에 지장은 없었다.

황제는 광장 주변을 둘러보더니, 말을 이어 갔다.

"지금 마법진을 그려야 할 것 같군. 그 후엔 내가 이곳에 없게 된다. 눈에 띠지 않게. 조심하도록."

"명을 받듭니다."

황제는 눈을 감고 무언가 중얼거리기 시작했다.

그러자 강력한 빛과 함께 하늘에서 하얀 안개가 뿜어지더니 거대한 마법진으로 변하여 광장 전체를 감싸다가 증발하듯 사라졌다.

그리고 그 후.

털썩.

황제는 실 끊어진 연처럼 쓰러졌다.

"……."

테카르탄은 그런 황제를 버리고선 뒤도 돌아보지 않고 사라졌다.

* * *

시간이 흘러 처형 당일이 되었다.

처형 당일에, 광장에 모인 사람들의 숫자는 실로 어마어마했다.

[마치 2002년 월드컵 때 모인사람들의 숫자 같네.]

구미호의 말에, 경식이 그녀를 묘하게 바라봤다.

'넌 참 나보다 한국에 대해서 잘 아는 것 같아.'

[호호호호. 칭찬이지?]

구미호의 실없는 농담을 들으며 경식은 주변을 둘러봤다. 말 그대로 사람들이 콩나물시루처럼 빽빽하게 들어차 있었다.

그리고 광장 가운데엔 처형대가.

그리고 그 처형대 뒤에는 황제가 앉아 있는 의자가 보인다.

황제는 근엄한 표정으로 좌중을 압도하듯 바라보고 있었다.

그리고 그 옆에는 검성이 자리를 지키고 있었다.

곧이어 죄인이 들어왔다.

죄인. 알스.

그는 구속구에 몸이 구속되어 있었는데, 저 구속구는 경식 역시 익히 아는 소재인 흡혼석으로 되어 있었다.

저것의 힘을 경식은 잘 안다.

'제대로 포박했구나.'

경식은 그런 알스의 모습을 상세하게 바라보았다.

알스는 죽은 동태 같은 눈동자를 한 채, 말 그대로 혼이 빠져나간 사람처럼 주변을 둘러보고 있었다.

그리고 많은 사람들이 그런 알스에게 돌을 던졌다.

팍팍팍. 팍팍.

퍼억!

알스의 머리에 거대한 돌이 부딪치자, 이마가 찢어지며 피가 뚝뚝 떨어졌다.

하지만 그럼에도 불구하고 알스는 아무런 표정 없이 안내하는 기사를 따라 앞으로 걸어 나갈 뿐이었다.

"제가 아는 알스라는 녀석이 확실합니다. 아무래도 황제는 진심인 모양이에요."

"……그런 걸까."

고른 백작은 아직도 믿지 못하겠다는 듯 말을 내뱉고 있지만, 표정엔 혼란스러움이 가득했다.

믿기 싫지만 진실은 그가 믿는 것과 거리가 멀다는 표정이다.

다른 이들 역시 마찬가지.

특히 아란츠는 이를 악물고, 지금 이 상황을 좋아해야 하는지 싫어해야 하는지 모르겠다는 표정을 짓고 있었다.

"우선. 끝까지 봐야 합니다."

아란츠까지 그러는 가운데에, 제이크는 묵묵부답. 아직도 황제를 믿지 못하겠다는 투다.

'흐음. 황제도 미움 받는군.'

아니면 자신에게만 미움을 받지 않는 것일지도.

경식이 그리 생각하는 중에도 처형식은 계속되고 있었다.

살이 피둥피둥 찐 대신이 나와서 알스의 죄명을 낱낱이 읽어 나가고, 그것을 알스는 멍하니 듣고 있었다.

"……이런 죄명으로 인해! 눈앞의 이 간악무도한 자는 이곳에서 참수가 될 것이다!"

우아아아아아아아!

평민 귀족 할 것 없이 모두가 보고 있는 자리였다.

황제가 근엄한 표정으로 일어나, 알스에게 직접 소리쳤다.

"마지막 유언은 없는가!"

그 말에, 멍해 있던 알스의 눈동자가 다시금 빛을 찾았다.

하지만 그뿐.

입에 물린 제갈 덕에 말을 할 수 없었다.

"제갈을 풀라!"

황제의 말이 떨어지기가 무섭게 처형을 직접 집행하는 기사가 알스에게 물려 있던 제갈을 풀어 주었다.

그러자 알스가 씩 웃는다.

"이보시오, 나으리. 그만 그 안에서 모습을 드러내는 게 어떤가?"

황제의 눈썹이 꿈틀거린다.

"지금. 짐에게 한 말인가?"

"아니, 그 짐이라고 말하는 놈의 안에서 이 상황을 지켜보고 있는 분에게 한 말이다."

"……?"

"힘드신가 보군. 그렇다면 이 흑마도사가 도와 드려야겠지."

'흑마도사?'

경식이 그 말을 듣고 눈을 부릅떴다.

흑마도사!

알스가 흡수했던 한 명의 이름이 떠오른다.

흑마도사 케헤!

"이게 무슨?"

그 말이 끝나기도 전에, 단단히 구속되어 있는 줄로만 알았던 알스의 흡혼석 구속구가 허무하게 풀렸다.

그리고.

푸우우욱!

"크어억!"

그의 목을 베려고 대기 중이던 기사의 가슴에 손을 꽂았다.

푸학!

심장이 뽑아졌다.

잠시 주춤거리던 사이에 그 심장은 알스의 입 안으로 들어갔다.

피범벅이 된 입.

그리고 그 입에선, 기이한 주문이 외워지기 시작했다.

"마, 막아야겠지?"

경식의 말에, 슈아가 인상을 찌푸리면서도 고개를 저었다.

"최후의 발악이겠지만 틀렸어. 이곳은 스펠 코드를 아는 자만이 마법을 쓸 수 있으니까. 아무리 흑마도사라고 해도 그건 마찬가지야, 오라버니."

스펠 코드란 말 그대로 주문 코드이다.

그 코드를 모르고 마법을 시전해 봤자 실패한다. 그리고 이곳은 엄연히 황제가 있는 영역이다.

스펠 코드가 없을 리 없다.

그러니 저 주문이 무엇이든 간에 괜찮을 것이다.

헌데, 슈아의 예상은 보기 좋게 빗나갔다.

달싹이던 알스의 입이 멈춘 순간,

"커억!"

황제가 피를 토하며 가슴을 부여잡았다.

옆에 있던 검성이 눈을 부릅떴다.

"황제!"

"크윽. 끄으으윽!"

황제는 눈을 부릅뜨며 괴로워했다.

"안 돼. 안 돼…… 더 이상. 더 이상 지고 싶지 않아. 지고 싶지 않다아아아!"

모두가 그런 황제를 당황스러운 얼굴로 쳐다봤다. 그것은 경식 역시 마찬가지였다.

헌데, 경식의 옆에서 그것을 보고 있던 구미호가 덜덜 떨리는 목소리로 말했다.

[지, 지금. 뭔가가 이곳으로 오고 있어. 거대한…… 아주 추악한 무언가가!]

"응? 뭐라고?"

쓰아아아.

경식의 눈에만 보이는 이미지가 있었다.

그것은, 하늘 위에서 무언가가 내려오는 모습이었다.

구름 같은 무언가가……

그것은 괴로워하는 황제의 정수리로 스며들어 갔다.

"끄어어어어어어어!"

황제가 쓰러진다.

그리고, 옆에 있던 검성이 그것을 부축한다.

"괜찮으십니까!"

"……."

황제는 괜찮았다.

그저 편했다.

왜냐면 더 이상 그는 황제가 아니었기 때문이다.

스팟—

황제의 감은 눈이 떠지며, 주변이 프리즘 색으로 빛났다가 사라졌다.

"……."

황제. 아니, 황제의 탈을 뒤집어쓴 존재는 자신의 손을 부축하고 있는 검성을 응시했다.

검성은 뭔가 한참은 평소와 달라진 황제를 보며 이를 악물었다.

"네놈은 누구냐."

"글쎄. 황제일까."

"네놈은 황제가 아니다."

"황제가 아니지만, 황제가 모르는 걸 알고 있지."

그는 그리 말하더니, 왼손을 들었다.

황제의 왼손은 깨끗했다. 아무런 상처도, 흉터도 없었다.

하지만 그가 주먹을 꽉 쥐자, 혈관과도 같은 무언가가 툭 붉어져 왼손 팔뚝으로 일어났다.

마치 상처와도 같은 두 개의 굵은 힘줄.

그걸 보며, 황제를 뒤집어쓴 존재는 빙글빙글 웃었다.

"이제 3번 남았군."

"……네놈……!"

르아르거가 반격할 틈도 없었다.

황제의 팔뚝에 돋아난 3개의 심줄 중 하나가 사라졌다.

"이곳에서 최대한 멀리 벗어나라."

그리고 그에게는 천명과도 같은 명령이 더해졌다.

"……."

그 순간, 당장이라도 검을 뽑을 기세였던 검성 르아르거가 검에 얹은 손을 추욱 늘어뜨렸다.

그러곤 일어나서, 뒤를 돌아봤다.

그리고 경식 일행과 눈이 마주친다.

"무슨 일인지는 모르네. 허나, 이곳을 부탁하네."

"……?"

경식 일행이 뭐라고 말을 하기도 전에 검성은 이를 악물며 무릎을 굽혔다.

쾅!

주변이 일렁거리며, 그의 모습이 사라졌다.

바로 옆에 있던 황제가 인상을 찌푸리며 뒤로 물러났다.

그것이 검성이 할 수 있는 마지막 발악이었다.

"후후후후."

황제가 피식 웃으며, 품 안에서 무언가를 꺼내었다.

바로 드래곤 하트였다.

그는 그것을 들고는, 중얼중얼 주문을 영창하기 시작했다.

그리고 그것은, 알스의 탈을 쓰고 있는 케헤의 것과 비슷한. 아니, 조금 더 고등의 술식이었다.

"큭큭큭! 큭큭큭큭!"

알스를 뒤집어쓰고 있는 케헤는 미친 듯이 웃으며 손을 쫙 펼쳤다.

그러자, 그의 몸이 허공으로 떠올랐다.

그리고, 점차적으로 변이가 일어나기 시작했다.

푸르르륵.

모공에서 철사와도 같은 털이 자라남과 동시에 몸이 2배 3배로 커지기 시작했다.

얼굴은 늑대의 것처럼 변했다.

말 그대로 늑대인간화 되어 가고 있었다.

순식간에 늑대인간이 된 알스의 이마에서 뿔이 하나 돋아났다.

쑤우우욱!

"크르르르!"

그는 허공에 걸린 채 낮게 울부짖었다.

그러면서, 점점 더 커지고 있었다. 뭐랄까. 모양새가 점점 더 인간이길 포기하고 있었다.

옆에서 보고 있던 구미호가 말한다.

[현신하려는 거야.]

'현신?'

[구각랑으로서의 완벽한 현신.]

지금껏 알스는 구각랑을 억눌러 왔다. 헌데 무슨 이유에서인지 구각랑을 억누르지 못하고 있었다.

아마 케헤와 저 황제의 탈을 뒤집어쓴 무언가가 외우고 있는 주문 때문이리라.

주문을 계속 듣고 있던 슈아의 동공이 크게 확장되었다.

"마, 막아야 해."

"⋯⋯?"

"주문 속에, 주문 속에⋯⋯."

슈아의 눈동자에 강한 불신과, 대면할 수밖에 없는 현실이 교차한다.

"주문 속에 차원의 문을 여는 술식들이 흘러나오고 있어!"

"뭐라고?"

째애애애애앵—!

갑자기 광장 주변에 검은 연기가 뿜어져 나왔다.

광장 전체를 두르고 있던 마법진이 발동된 것이지만, 그 마법진이 있다는 것은 그 아무도 알지 못했었다.

"끄어어억!"

일반인들이 쓰러지고, 그들의 입과 귀, 눈에서는 하얀 연기가 뿜어져 나왔다. 허약한 귀족들 역시 그것은 마찬가지였다.

기사나 마법사 출신의 귀족들만이 버티고 있었는데, 말 그대로 버티고 있을 뿐 혼란에 휩싸인 그대로였다.

그런 그들의 입과 코에서도 조금씩이나마 뭔가가 흘러나오고 있었다.

그 하얀 연기.

바로 영혼이었다.

그리고 그 영혼은, 이미 뿔을 3개 가지고 있는 구각랑의 매끄러운 이마에 다른 뿔들을 돋아나게 만들고 있었다.

저들의 목적이 무엇인지는 모른다.

구각랑인지. 아니면 슈아의 말대로 차원의 문을 열려는 것인지. 둘 다인지.

심지어 황제의 껍질을 뒤집어쓴 이가 누구인지. 검성 르아르거는 어디를 갔는지.

아무것도 알지 못하는 상황.

하지만 하나는 확실했다.

"막아야 해!"

판단이 선 경식이 이를 악물며 앞으로 달려 나갔다.

그리고 그것을 따라, 주변에 있던 고른 백작과 아란츠. 제이크와 오르거 역시 앞으로 치달렸다.

어떻게 해서든 막아야 했다.

하지만, 그런 그들을 막아서는 이들이 존재했다.

Chapter 5
깨어난 구각랑

광장 안엔 검은 안개가 자욱했다.

그리고 그 검은 안개 밑은 사람들이 시체처럼 널브러져 있었다.

입과 코에서는 하얀 연기를 뿜어낸다.

그리고.

퍽퍽! 퍽!

창! 차아앙!

여기저기선 병장기 부딪치는 소리와 사람들의 비명 소리가 끊임없이 들려 왔다.

검은 안개에 노출된 이들이 미친 사람처럼 날뛰기 시작

한 탓이었다.

그리고 그들의 몸 주변으로 기이한 연기가 뿜어져 나왔다.

그것 역시 흰색의 연기였다.

그리고 그것들은 지금 이 순간에도 구각랑의 입으로 들어가고 있었다.

뿔의 개수는 벌써 5개째 돋아나고 있었다.

어쩐지, 모든 뿔이 돋아나면 안 될 것 같다는 생각이 들었다.

그 전에 어떻게든 막아야 했다.

'이 결계부터 어떻게 해야 하나!'

경식은 지체하지 않고 마검을 꽉 쥐었다. 그러곤 손잡이 끝에 붙어 있는 흡혼석에 온 정신을 집중했다.

100여 명의 정예들.

철의 군대.

혹시 몰라서 지금껏 두각을 드러내지 않고 그저 일개 기사단으로 둔갑해 두었던 그들을 사용할 시간이 된 것 같았다.

그들은 광장 주변을 빙 둘러싼 채 경식의 명령만을 기다리고 있던 상태.

'결계를 부숴요!'

명령이 떨어진 순간,

백 명이 한 명처럼 움직여 각자의 마나 블레이드가 결계 표면을 내리쳤다.

콰차! 콰차차착! 차착!

"……!"

하지만 역시나 마법진에는 결계가 쳐져 있었고, 그 결계는 고강했다.

'한 점을 집중적으로 공략하죠!'

경식의 말이 떨어짐과 무섭게, 백 명의 철의군대가 뒤로 10미터 이상 물러서더니 검을 집어 들고 냅다 던졌다.

백 자루의 검 끝은 결계의 단 한 점에 집중되어 날아갔다.

뻐각!

백 자루의 검이 동시에 튕겨 나가 널브러졌다.

"이런!"

경식은 어이가 없어서 말조차 제대로 나오지 않았다. 철의 군대의 집중포화라면 설사 소드마스터 둘이 있다 하여도 상대해 내기 힘들어야 마땅하거늘, 결계는 잠깐 휘청거렸을 뿐 꿈쩍도 하지 않았다.

도대체 얼마나 강력한 결계이기에 이렇게도 방어막이 단단하단 말인가?

─아니. 단단한 게 아닐세. 그렇다기보다는 엄청나게 질
긴 게야!

옆에서 왕년 노인이 인상을 찌푸리며 그리 말했다.

왕년 노인이야말로 순수한 영혼체.

때문에 구각랑에게 빨려 들어가지 않도록 안간힘을 쓰고
있는 중인 듯했다.

"할아버지, 괜찮아요?"

─괜찮을 리 있겠는가! 내 왕년에도 이런 일이 있었는데!
그때는 내 강력한 힘으로 어떻게든 했지만 지금은 나에게
그럴 힘이 없구먼!

"조금만 버텨요. 바깥쪽에서 안 되면 안쪽에서 막아야지
요!"

그리 말한 경식은 앞으로 나아갔다.

지금 어떤 계략을 부리고 있는지 모르지만, 어떻게든 구
각랑을 막아야겠다는 생각에서였다.

하지만 그런 경식 일행을 가로막는 이들이 존재했다.

쾅!

"크윽!"

아란츠가 인상을 찌푸리며 뒤로 물러났다.

그가 쥔 검이 파르르 떨렸다.

눈앞엔 익숙한 얼굴이 아란츠를 찢어 죽일 듯 노려보고

있었다.

"나를 기억하는가?"

보거슨.

희생된 100명의 처녀들 중 한 명의 오라버니였다.

척척. 척. 척.

그리고 그의 뒤에서 검을 들고 오르거를 노려보고 있는 이들 역시 비슷한 부류의 이들이리라.

그들의 눈에는 광기가 어려 있었다.

지금 이 공간은 사람의 본성을 끄집어내어 폭발시키도록 되어 있다.

그런 공간과 이런 상황에서 오르거를 보고 참을 만큼 이들의 분노는 적은 것이 아니었다.

"……"

오르거는 어쩔 수 없이 허리춤에 있는 검을 뽑아 들었다.

"이러고 싶지 않습니다. 지금이라도……."

말은 이어지지 않았다.

대답 대신 열댓 자루의 칼날이 그에게로 쇄도했기 때문이다.

고른 백작이 그런 검세에 합세하여 아란츠와 함께 검을 받아 주며 말했다.

"자네들 지금 뭣들 하는 겐가! 갑자기 공격을 하다니!"

"빠져 있으십시오. 이건 집안일입니다."

"내 동생이 어떻게 죽었는지 당신이 알기나 해!"

"내 딸이!"

"내 누이가!"

이미 그들의 눈동자는 붉게 충혈되어 있었다.

지금은 아무도 그들을 막을 수 없다.

게다가 검에 조예가 깊은 이들 역시 몇몇 껴 있어서, 그들을 죽이지 않는 이상 빠른 처리는 사실상 불가능했다.

옆에 있던 오르거가 그런 둘을 도와줄 요량으로 가세하려 했다.

하지만 그런 그의 뒤통수를 향해 검 한 자루가 빠르게 쇄도했다.

"……!"

챙!

검의 주인이 뒤로 물러나며 인사하듯 씩 웃었다.

"반응속도가 괜찮군."

검에 초록색 오러를 잔뜩 묻히고 있는 인물.

그를 보며, 오르거는 이를 악물었다.

"터빈!"

"후후후. 왠지 분위기도 이렇게 되었겠다…… 괜찮잖아? 좋은 기회다 싶은데 네 생각은 어때?"

"지금 이러고 있을 때가 아니란 걸 모르나!"

오르거가 검 끝으로 허공에 떠오른 알스를 가리켰다.

알스의 뿔은 벌써 6개째 돋아나고 있었다.

"무언가 잘못 돌아가고 있다. 그러니까, 이걸 막는 게 우선 아닌가!"

오르거의 말에, 터빈은 대답 대신 오러 블레이드로 가득 찬 검을 휘둘렀다.

"어차피 이 세상은 썩었다. 내가 왜 숲으로 들어갔는데? 인세 따위. 돈만 되면 대가리가 누구건 상관없다 이거야. 소드마스터가 된 주제에 어디에 묶여 있는 걸 당연시 여기지 마라!"

콰쾅!

검격을 받아 낸 오르거가 이를 악물었다.

"이익! 이 미친놈이!"

결국 둘은 검을 섞어 갔다. 주황색 오러블레이드와 지독하리만치 탁한 녹색 오러블레이드가 서로 얽히며 검은 안개가 낀 주변에 번쩍번쩍 빛났다.

"어떻게든 해야 하지 않습니까?"

경식이 제이크를 바라보며 그리 말했다.

"흐음!"

헌데, 제이크는 아무 말 없이 허공을 바라보고 있을 뿐이었다.

"제이크!"

"주인님 잘 들으십시오. 주인님이 막으셔야 합니다."

"당신은요?"

"돕고 싶지만, 어쩔 수 없을 것 같습니다!"

그 말이 끝남과 동시에 제이크는 등 뒤에서 소울이터를 꺼내 들고 뿌리듯 휘둘렀다.

후아앙!

허공에서, 검은 안개마저 가리지 못할 정도로 칠흑 같은 오러가 소울 이터에 얻어맞고 뒤로 물러난다.

검은 암흑투기.

제이크는 눈을 부릅뜨며 그의 이름을 외쳤다.

"테카르탄!"

"제이크!"

말이 필요 없었다.

왜 이곳에 왔는지도 알 필요 없다. 왜냐면 안 가르쳐줄 테고, 대충 짐작이 가니까.

그들은 그저 검부터 섞었다.

그것이 그들의 대화였다.

그러고는 주변 사람들까지 휘말릴 수밖에 없는 거대한 전투가 시작되었다.

"흐으."

"오, 오라버니."

슈아는 인상을 찌푸리며 괴로워하고 있었다. 6서클로 올라선 마법사인지라 영혼이 빨려나가거나 하는 일은 없었지만, 그렇게 되지 않으려고 부단히도 노력하는 게 보였다.

"코드를 몰라서 마법을 쓸 수가 없어……."

"조금만 참아!"

제이크에서부터 슈아까지. 경식을 도와줄 수 있는 이는 그 아무도 없어 보였다.

그리고 눈앞엔 7개째의 뿔이 자라나기 시작하는 알스. 아니, 알스였던 구각랑이 하늘에 둥둥 떠 있다.

'내가 막는 수밖에 없다!'

경식은 이를 악물었다. 그리고 온몸에 소울베슬 2단계의 힘을 전부 불어넣어 휘돌렸다.

기이이잉.

온몸에 은은한 보랏빛 기운이 서리더니 이내 충만해졌다.

하지만 곧이어 그가 눈을 뜨자, 그의 눈동자에 검은 기운 대신 짙고 푸른 기운이 얼비쳤다.

그는 마검의 손잡이 끝을 잡고 화살처럼 잡아당겼다.

곧이어 허공에 무형의 기운이 서리더니 마검이라는 화살

을 받쳐 주는 훌륭한 활로 승화한다.

쭈우우욱!

시위는 당겨졌다.

목표는 다름 아닌 구각랑.

이 아비규환 속에서 정신을 집중하는 건 힘든 일이지만, 푸른 허무의 힘을 빌려 간신히 맞췄다.

그리고 시위가 놓아지려는 순간이었다.

카아아아아앙!

치지지지직!

마검이 쏘아지기도 전, 검 한 자루가 그의 검을 가로막았다.

검이 가로막자 서려 있던 기운이 봄 눈 녹듯 사라지고 있었다.

"……!"

경식의 소울 에너지는 설사 오러라고 할지라도 깰 수 없다. 그런 것을 녹여버리는 이 검을 경식은 알고 있었다.

'아그츠!'

이단심문관 아그츠.

그 역시 이곳에 합세하여 경식 일행을 방해하는 모양이었다.

팟!

뒤로 물러선 후, 경식은 아그츠를 향해 검을 휘두르려 하였다.

하지만, 눈앞의 아그츠의 모습을 보고는 눈을 부릅뜰 수밖에 없었다.

'내가 알던 아그츠가 아니다?'

눈앞의 아그츠는 이전과는 달랐다.

약간 귀엽게 보이기까지 했던 오만방자한 눈빛은 착 가라앉아 있었고, 표정은 무표정했다.

가슴엔 검상이 새겨져 있었는데 그곳에선 밝은 색의 피가 흘러나오고 있었다.

[저 녀석. 영혼이 죽어 있어.]

'뭐? 죽었다고?'

[간신히 숨이 붙어 있는데, 한 시간을 버티지 못할 정도야. 출혈과다가 심해!]

아그츠가 흘리는 피는 성혈이었다.

그리고 그 성혈은 존재 자체만으로도 기적을 낳고 마법 같은 일을 일으킨다.

아그츠는 성혈에 닿아 있는 존재이고, 그 피의 힘으로 인해 죽어야 할 아그츠가 아직까지 살아 있는 것이다.

그리고 교단을 나서며 그것을 발견한 황제의 탈을 쓴 그 무언가는, 그런 아그츠를 요긴하게 쓰려고 세뇌 후 이곳으로 데려온 것이고 말이다.

아그츠가 힘없이 중얼거렸다.

"그분을 위해. 그분을 위해……."

"정신 차려, 이 사람아!"

"그분을……."

위해!

콰아악!

아그츠가 경식에게로 쇄도했다.

경식은 이를 악물며 진심을 다 할 결의를 다졌다.

"이렇게 당신과 검을 맞대고 싶지 않았어!"

처억.

경식은 마검을 양손으로 쥐었다.

그의 눈동자가 불현듯 붉게 물들었다.

왈칵!

양팔의 두께가 3배는 굵어졌다.

마검의 검 끝이 하늘을 향하더니 이내 땅을 향해 곤두박
질쳤다.

그리고 그 경로엔 아그츠의 몸이 걸려 있었다.

아그츠가 검을 들어 그것을 막아갔다.

콰카카칵!

아그츠의 검은 소울 에너지를 삼켜서 흩어 놓는다.

하지만 그것도 흩어 놓을 시간이 있을 때나 통용된다.

투마의 힘은 단발성. 그리고 절대적이라, 그것을 흩어내기엔 시간이 촉박했다.

물론 그럼에도 불구하고 특수 제작된 검은 투마의 힘을 적당히 흩트려 놓았다.

그리고 경식에게조차 그것은 다행인 일이었다.

콰콰콱!

공격을 받아 낸 아그츠가 가슴까지 땅에 처박혔다.

"당신은 바퀴벌레처럼 끈질기니까, 나중에 살려 줄게요. 그러니까 참아."

"그으으윽!"

아그츠는 겨우 목숨만 부지한 채 너덜너덜한 몸을 어떻게든 빼내려고 하고 있었지만, 투마의 힘으로 땅에 박아 넣은 몸은 움직일 생각을 못하고 있었다.

아그츠를 그리 만든 경식은 구각랑을 보았다.

구각랑은 8개째의 뿔이 반쯤은 돋아나 있는 상태였다.

그는 본능적으로 알았다.

9개가 완성되는 순간 무슨 일이든 일어날 것임을 말이다.

그리고 그런 구각랑을 뒤에서 조종하고 있는 이가 있었으니,

바로 황제.

아니, 황제의 탈을 쓴 무언가였다.

"도대체 저건 누구인 거지?"

그러나 현재 중요한 것은, 그런 확인 따위가 아니다.

이렇게 된 이상, 황제부터 공격해야겠다는 생각이 들었다.

그것도 확실하게.

'란시아 미안해요.'

경식은 란시아에게 심심한 사과를 한 후 눈을 감았다 떴다.

그의 눈은 또다시 짙은 푸른색으로 물들어 있었다.

손을 들자, 공간을 격하여 무언가가 그에게로 소환되었다.

소환된 것은 한 자루의 검.

아니, 푸른 허무와 빙의한 그가 쥐면 그 어디에도 없는 훌륭한 활이 되는 그런 것이었다.

그것의 중간을 쥐고 가로로 뉘였다.

꽈아아악.

쭈웅!

1미터에 달하는 거대한 기운이 쭈욱 늘어나 막대기를 활로 변신시켰다.

경식은 다시금 마검을 화살처럼 든 뒤 쭈욱 잡아당겼다.

노리는 부분은 다름 아닌 황제!

전부 당겼다 싶은 그때. 경식의 한쪽 눈동자가 피처럼 붉게 물들었다.

왈칵!

또 한 번 그의 팔이 3배는 부풀어 오르는 듯한 착각이 일더니, 더 이상 뒤로 물러날 것 같지 않던 영혼의 실이 더더욱 당겨졌다.

그의 손이 마검을 놓은 순간. 곧 끊어질 듯 팽팽하게 뉘어진 마법의 실이 제자리를 되찾으며 마검을 황제에게로 내던졌다.

쭈아아아앙!

주변 공기가 터지는 소리와 함께 경식의 마검이 황제가 들고 있는 드래곤 하트를 향해 쇄도해 들어갔다.

하지만 무언가가 황제의 앞을 스치고 지나치며 경식이 혼신을 다해 쏘아낸 마검을 받아 냈다.

그것도 입으로 말이다.

쿠가가가가가각!

땅이 긁히는 듯한 소리와 함께 은색 물체가 뒤로 물러나다가 멈춰 섰다.

다름 아닌 구각랑.

아니, 지금은 팔각랑인 녀석이 입에 검을 물고 그르렁 거렸다.

"크르르르르."

"……."

구각랑은 마검을 문 채 이를 악물고 있었는데, 물고 있는 짐승의 주둥이 사이로 피가 흘러나오고 있었다.

아무리 녀석이라도 경식이 혼신의 힘을 다해 날린 일격을 받아내긴 힘들었던 모양이다.

경식이 이를 악물었다.

* * *

털썩.

"후우!"

아란츠는 땀을 닦으며 쓰러진 보거스를 바라보았다. 보거스는 이미 쓰러진 다른 이들과 마찬가지로 아란츠를 쉴 새 없이 공격하다가 탈진하여 쓰러진 상태였다.

"잘 버텼네."

옆에서 고른 백작이 그런 아란츠를 다독여 주었다.

"안 계셨다면 큰일 났을 겁니다."

"내가 뭘 한 게 있다고. 오히려 방해가 안 되었다면 그게 다행인 게지."

둘은 아란츠를 공격하던, 동생과 딸을 잃은 이 불쌍한 이들에게 맞대응 할 수가 없었다. 그래서 결계에 빨려 탈진을 할 때까지 기다린 것이다.

한편. 터빈은 이를 악물며 검을 뿌리치는 중이었다.

파앙!

하지만 그 검을 받아쳐 낸 오르거가 무시무시한 기세로 터빈에게 달려들어 응수했다.

파팡!

척!

어느새 그의 검은 터빈의 목 끝을 살짝 건드리고 있었다.

터빈이 진 것이다.

"……변명은 않겠다. 베어라."

"그럴 리가."

착.

오르거가 검을 거두며 터빈의 목을 자유롭게 해 주었다.

터빈은 오르거를 찢어 죽일 듯 노려봤다.

"지금 나를 능멸하는 것인가!"

"반대로 네가 날 이겼다면, 나를 베었을 것인가?"

"……."

터빈은 오르거를 이기는 게 당연하다 생각해 왔다. 이렇

게 질 줄도 몰랐고, 이겼다 한들 오르거를 벨 생각은 없었
다. 그저 자신의 우위를 소드마스터가 된 오르거에게 가르
쳐 주고 싶었을 뿐이었다.

물론 결과는 반대가 되었지만 말이다.

"후…… 피가 거꾸로 솟는군."

"더 노력하도록."

"젠장. 누구에게 사사 받은 것이냐? 너도 스승이 없던
걸로 아는데?"

그 말에, 오르거가 싱긋 웃으며 한쪽을 바라보았다.

그곳엔 거대한 누군가의 등이 기둥처럼 버티고서 무언가
를 상대하고 있었다.

바로 제이크였고, 상대하는 이는 테카르탄이었다.

"비키지 못하는가!"

제이크가 검을 들어, 단순한 내려치기를 감행했다.

"……!"

허나 테카르탄은 그런 제이크를 피할 생각을 못 했다.

그냥 옆으로 피하면 될 것 같지만, 그걸 그대로 둘 제이
크도 아니었고, 사실 기기묘묘하게 모든 방위로 휠 수 있는
검로였다.

막을 수밖에 없는 공격인 것이다.

그는 자신의 검을 들었다.

콰콰콱!

"크윽……!"

조금 전. 호각으로 달려들던 기세는 온데간데없었다.

테카르탄이 약하기 때문이 아니었다.

제이크가 너무 강했다.

테카르탄이 이 세상에는 없는 기운. 암흑투기를 사용하지만 제이크는 달랐다. 그는 이 세상에 분명 존재하고 모두가 품고 있으나, 그 누구도 제대로 사용할 수 없는 소울 에너지를 극한으로 정제한 것이었다.

게다가 그 기운에 성질을 변화시켜 사용하고 있었다.

정직함 가운데에 변화.

그리고 그것을 떠받치고 있는 초 극한의 거력!

그것은 초 극한의 스피드를 바탕으로 쾌검을 사용하는 테카르탄에겐 천적과도 같은 것이었다.

테카르탄은 검을 들어 그것을 막아갔다.

쾅!

여지없이 거대한 소리.

하지만 이번엔 조금 달랐다.

제이크의 몸을 감싸고 있던 소울 아머에서 갑자기 로열티가 튀어나오더니 테카르탄에게 달려들었던 것이다.

히히히힝!

퍼억!

"……!"

검을 막던 중 불현듯 튀어나온 로열티에게 얻어맞은 테카르탄이 뒤로 날아갔다. 하지만 타격은 받지 않았는지 금세 일어난다.

그러고는 다시금 빠르게 제이크에게 달려들어 그를 저지한다.

"나를 내버려 두어라!"

"그럴 순 없지."

제이크가 달려들면 계획한 모든 것을 그르치게 된다.

지금처럼 중요한 때에 그럴 수는 없는 노릇이다.

*　　　*　　　*

한편. 구각랑은 마검을 물고 경식과 대치하고 있었다.

"검을 돌려주지 않을 생각인가 보네."

만화에선 이런 경우 정정당당이 어쩌고, 허세를 부리기 위해서라도 물고 있던 검을 이쪽으로 던져줄 텐데, 만화는 만화일 뿐인가 보다.

"그렇다면 이쪽에서 가져와야지."

그 말과 함께 경식이 눈을 크게 부릅떴다.

그러자 검 끝에 달려 있던 보석이 빛을 뿜어내며 강한 폭발을 일으켰다.

콰아앙!

"크르르르!"

구각랑이 폭발에 정신이 팔린 사이 경식은 녀석의 눈앞에 다가와 주먹을 휘둘렀다. 그의 눈동자는 피처럼 붉었다.

갑작스러운 공격에, 구각랑은 부릅뜨며 앞발을 휘둘렀다.

앞발과 주먹이 마주했다.

쑤웅!

일순 진공상태가 일어나며 주변의 공기가 빨려 들어가 소용돌이를 만들었다.

경식과 구각랑은 서로 뒤로 물러났다.

구각랑은 자신이 앞발에 씌워 놓았던 얼음 조각들이 분쇄된 걸 확인하고 눈을 날카롭게 빛냈다.

경식은 자신의 주먹에 서린 구각랑이 뿜어낸 한기를 느끼며 눈동자를 노란색으로 물들였다.

붉은 어금니의 힘이 전해지며 침습해 오던 한기가 멈추고 손이 회복에 들어갔다.

맨살로 부딪친 것치곤 선방을 한 것이었다.

구각랑의 몸체는 말 그대로 집채만 했다. 이미 알스라는 인간의 허물은 벗어던진 지 오래고, 그야말로 한 마리의 늑대가 되어 짐승처럼 그르렁거리고 있다.

황제? 아니, 황제의 탈을 쓴 누군가가 조종하는 꼭두각시에 불과한 것 같았다.

[그렇기 때문에 저렇게 공격이 단조로운 거야.]

구미호가 경계했다.

경식 역시 고개를 끄덕였다.

'그래도 이 정도면 뿔이 아홉 개가 되어서도 괜찮을 것 같은데?'

차라리 알스의 의식이 살아 있고, 알스가 몸을 움직일 때가 훨씬 강력하고 무서웠다.

지금은 그저 출력만 강할 뿐 단조로운 공격이 이어지고, 그것은 경식에게 아무런 위해를 가할 수가 없다.

[그런 생각 하지 마. 방심하다간 큰일 나. 저 녀석 지금. 뿔 하나를 더 돋아나게 하기 위해서 엄청 힘을 쏟는 중에 너를 상대하는 거라고.]

'흐음.'

고속대화를 하며 경식은 구각랑을 차근히 바라보았다.

구미호의 말대로, 구각랑은 지금 이 순간에도 뭔가에 골몰하고 있었다.

그리고 조금씩이지만 마지막 남은 뿔 하나가 구각랑의

이마를 뚫고 돋아나는 조짐이 보인다.

'9개가 되면 큰일인데……'

[아마 9개가 되어도 크게 강해지는 건 없을 거야. 저 뿔들. 전부 안쪽이 비었거든.]

'비었어?'

[4개째부터 전부 비었어. 그냥 형태만 갖추고 있는 거야. 꽉 찬 뿔이 8개인데, 지금 네가 앞발이랑 부딪치고도 멀쩡할 수 있었겠어?]

'끄응. 내가 그만큼 강해진 건줄 알았는데.'

하긴. 구미호가 꼬리가 9개인 것과 구각랑이 뿔이 9개인 것은 동등하리라. 꼬리 4개 달린 구미호만으로도 무서운 파괴력을 자랑할 텐데, 8개의 뿔이 달린 구각랑이 이 정도일 리가 없는 것이다.

'근데 왜 뿔을 굳이 9개로 만들려는 걸까?'

그것은 구미호 역시 알지 못한다.

다만, 추측이 가능할 뿐이다.

[우리가 모르는 무언가가 있을 거야. 9개가 되어야만 할 수 있는…… 무언가가 분명히 존재할 테니 막아야 해.]

그 말에, 경식 역시 진지하게 고개를 끄덕였다.

'여차하면, 힘을 합치자.'

[네가 위험해 질 거야. 하지만 어쩔 수 없다면, 도울게.]

'고마워.'

그 말을 듣는 것만으로도 힘이 솟아났다.

경식은 한쪽에는 푸른 허무의 검을, 그리고 한쪽에는 마검을 꽉 쥔 채 눈을 지그시 감았다.

구각랑은 자신의 뿔을 모두 돋아나게 하기 위해, 그런 경식을 바라보고만 있었다.

어디까지나 구각랑의 임무는 눈앞의 황제를 보호하고, 자신의 뿔을 돋아나게 하는 것이기 때문이다.

그리고 그것은 경식에게 더없이 좋은 조건이었다.

'흑마법사 케헤가 100명의 처녀를 이용하여 설치한 방어막을 내가 깼었지?'

지금은 더욱 강력할 것이다.

어디 한 번 시험을 해 봐야겠다.

'이참에, 죽여주마.'

경식이 감았던 눈을 떴다.

그의 눈동자는 왼쪽은 노란색, 오른쪽은 회색으로 물들어 있었다.

회색 바람과 붉은 어금니. 두 영혼이 경식에게 자신의 기운을 한꺼번에 주입한 것이다.

츠츠츠츠츠츠.

어렴풋이 형태만 갖추고 있던 경식의 소울 아머가 색깔

을 더하더니, 노란색과 회색이 섞여 기묘한 색으로 빛났다.

더욱이 그의 왼쪽 푸른 허무의 검은 노란색으로 빛났고, 마검은 회색으로 빛난다.

경식은 두 개를 교차한 후, 녀석에게로 달려들었다.

두 자루의 검이 한 자루인 것처럼 동시에 교차하며 더욱 강력한 힘으로 구각랑을 밀어붙였다.

그리고 폭발했다.

콰앙!

회색 바람의 힘을 빌어 단단해진 소울 에너지인 만큼, 그 폭발력은 조금 전보다 족히 2배는 강력했다.

콰아앙!

하지만 폭발을 일으킨 소울 에너지는 흩어지지 않았다. 붉은 어금니의 힘으로 인해 다시금 재생했다.

그리고 또다시 폭발한다.

콰쾅!

그 폭발의 여파로 인해 또다시 소울 에너지에 금이 갔다. 물론 회복보다 폭발하는 힘이 크다. 또다시 폭발.

콰가앙!

이젠 형태를 되살릴 수 없을 정도로 기운의 입자가 작게 변했다.

그리고 또다시 폭발!

콰아아앙!

원래는 흩어져야 정상인 소울 에너지가 회색 바람의 힘으로 단단해짐으로써, 껍질처럼 날카로운 파편을 튀겼다.

그리고 붉은 어금니의 힘이 깃들어 있어, 아직 재생의 힘이 남아 있었다.

덕분에 폭발하고서도 경식이 그 파편을 통제할 수 있었다.

또다시 폭발이 방사형으로 일어났다.

그리고 마지막 대폭발!

꽈과과광!

총 5번의 폭발. 그것은 1초 만에 일어났다. 1초에 5번. 폭발할 때마다 더욱 거대한 힘으로 폭발했다.

콰아아아아!

그것을 당하고만 있을 구각랑도 아니었다.

구각랑이 입을 쩍 벌려 냉기를 뿜어냈다.

단순한 공격이지만, 화력만은 경식이 지금껏 감행한 다섯 폭발을 무마시킬 정도로 강력했다.

그 강력한 한기!

그리고 그것은,

애석하게도 수증기라는 종류에 속해 있는 것이기도 했다.

경식의 입에서 붉은 어금니의 진명이 흘러나왔다.

=태론.

추아아악!

경식의 등 뒤에서 트롤의 상반신이 모습을 드러냈다.

붉은 어금니의 힘은 구각랑의 힘과 비할 바가 아니다. 구각랑이 압도를 해야 정상이다.

하지만 지금의 구각랑은 허울만 좋을 뿐이었고, 많이 약해진 상태였다.

뿔의 형태만 9개가 되어 가고 있을 뿐, 그 출력은 오히려 꽉 찬 뿔이 4개일 때만도 못 했다.

때문에, 배후에 꼬리 4개 달린 구미호가 떡하니 버티고 있는 태론 쪽이 우위를 점할 수 있었다.

모든 것을 상쇄하고 날아오는 구각랑의 한기를, 그 수증기를 한 곳으로 모았다.

거대한 숨결이 한기를 내포한 주먹만 한 구슬이 되는 순간이었다.

그리고 그것이 다시금 구각랑에게로 되돌아간다.

크르릉!

물론 그것을 미쳤다고 맞아줄 구각랑도 아니었지만, 그러한 예상을 하지 않았던 경식 역시 아니었다.

=안트!

추아아악!

경식의 등 뒤에서 이번엔 거대한 오크의 상반신이 튀어 나오더니, 그 두툼한 손으로 도망치려는 구각랑을 틀어쥐었다.

그러고는 구렁이가 담을 넘어가듯 구각랑의 뒤로 넘어가 훌륭하게 목을 졸라 제압했다.

아주 잠시 뿐인 제압.

하지만 그것만으로 충분했다.

구각랑 자신이 뿜어낸 한기가 그의 몸을 엄습해 갔다.

쫘자자작!

얼어붙는 구각랑의 몸!

하지만 자신이 뿜어낸 냉기였고, 모르긴 몰라도 냉기에 대해 내성이 있을 것이 분명했다.

치명타는 되지 못한다.

경식의 눈이 붉게 물들었다.

그리고,

그 아무도 알 수 없었던 투마의 진명이 그의 입술에서 새어 나왔다.

=레리나.

제법 여성스러운 이름.

하지만 그 이름을 부른 후의 상황은 결코 그렇지 않았다.

쭈아아아악!

4미터에 해당하는 거대한 오우거의 상반신이 모습을 드러냈다.

솥뚜껑만 한 손이 얼어붙은 구각랑의 목을 틀어쥐었다.

그러고는 별거 없었다.

사실 투마는 본신의 능력이 너무 출중한 탓에, 진명이 불러졌다고 해서 특수한 다른 능력을 개화하는 건 아니다.

그저,

더욱 강해진다.

그것뿐임에도 불구하고 그 파괴력은 감히 상상하는 것으로 그치지 않는 거대한 폭력이 된다.

쾅!

쾅!

쾅 쾅 쾅 쾅 쾅 쾅!

거대한 주먹이 구각랑의 두개골을 연달아 가격했다.

크릉 하고 입을 열면 이빨째로 으깨졌고, 입을 다물면 주둥이째 으스러졌다.

구각랑의 얼굴은 말 그대로 형체를 알아볼 수 없을 정도로 뭉개졌다. 말 그대로 거대한 망치에 수차례 얻어맞은 수박과도 같이 함몰되고 깨졌다.

그럼에도 불구하고 뿔은 그대로 남아 있었다.

아니, 오히려 아홉 개째의 뿔이 완전히 돋아나려 하고 있었다.

레리나는 그것이 마음에 들지 않았는지, 그 뿔을 쥐고 무 뽑듯 뽑으려 했다.

꽈아아악.

크아아아아아아아아!

거대한 비명 소리.

하지만 그 비명 소리가 즐겁기라도 한 듯, 경식과 레리나 는 이까지 드러내며 뿔을 뽑아 갔다.

그리고 뿔 중 하나가 이처럼 흔들거리며 뽑혀지려 할 때,

노호와도 같은 음성이 황제에게서 뿜어져 나왔다.

[노오오오오오오옴!]

"……!"

경식과 레리나가 하던 일을 멈추고 황제를 보았다.

황제는 입을 달싹이던 것을 멈춘 상태였다.

[지금까지 잘도 해 주었구나. 그래, 진정한 구각랑과 붙 기를 원하느냐.]

"……?"

[곧. 그리 해 주마.]

그 말과 동시에,

구각랑의 등 뒤의 공간이 일그러졌다.

그리고 엄청난 인력이 그곳에서 전해져 왔다.

"……!"

그 엄청난 끌어당김에, 경식은 뒤로 물러났다. 만약 접신한 것이 레리나가 아니었다면 경식은 아마 저 아득한 공간으로 빨려 들어갔을 것이다.

경식이 뒤로 물러나자, 주변에서 들려오던 병장기 부딪치는 소리도 일절 멈췄다.

모든 것이 소강상태가 되었다.

그리고 모두의 시선은 구각랑의 뒤편을 보았다.

그곳엔 지름 50센티쯤 되어 보이는 작은 구멍이 뚫려 있었다.

구각랑의 등 뒤 공간에 고정된 것이 아닌, 천사의 고리처럼 구각랑의 등 뒤에 고정된 공간이었다.

지금껏 상황을 지켜보고 있던 슈아가 형언할 수 없을 정도로 경악에 찬 표정을 지으며 힘겹게 내뱉었다.

"마, 마계의 문!"

"……!"

그랬다.

구각랑이 억지로라도 뿔을 9개로 개화하려 하려던 것은, 바로 마계의 문을 열기 위함이었던 것이었다.

　　　　*　　　*　　　*

　마계의 문이 열렸다.

　50cm.

　물론, 마계의 문이라기엔 터무니없이 작은 크기였다. 하지만 마계의 문은 틀림없이 마계의 문.

　그곳에서는 이 세상의 것이 아닌 무언가가 뿜어져 나오려는 조짐을 보이고 있었다.

　그리고…….

　챙그랑!

　철의 군대의 공세에 막강하게 버티고 있던 결계의 겉 표면이 계란 껍질처럼 깨져나가더니 우수수 무너져 내렸다.

　허나 철의 군대는 움직이지 못했다. 명령에 죽고 사는 그들이라도 눈앞의 광경은 태어나서 처음 보는 것이었으니까 말이다.

　쉬우우우우욱.

　구각랑의 뒤에서 짙은 공기가 뿜어져 나왔다.

　그것이 닿는 땅이며 공기 할 것 없이, 색을 잃고 추욱 늘어졌다.

　인간들 역시 마찬가지다.

　몸에 마나 수련을 하지 않은 평범한 인간들은 그 미증유

의 공기가 몸에 닿자마자 쩌적 소리를 내며 석고상처럼 굳
어져 갔다.

마나를 내포하고 있는 이들 역시 코를 막으며 뒤로 주춤
물러났다. 아니, 크게 뒤로 도망쳤다.

더 이상 결계가 없는데, 굳이 결계가 있던 좁은 장소에
모여 있을 필요가 없었던 것이다.

꺄아아아악!

모두가 도망치고, 그곳에 남아 있는 건 경식 일행과 황
제. 그리고 황제 앞을 가로막고 있는 구각랑밖에 없었다.

그리고 그 구각랑은 자신의 등 뒤에서 뿜어져 나오는 암
흑투기를 전부 받아들이고 있었다.

마계 출신인 구각랑이 마계의 기운을 흡수한다.

"막을 수도 없군."

말 그대로 막을 수도 없었다.

차원의 문 뒤에 구각랑이 버티고 있는 거면 구멍에서 벗
어나게 하면 되는데, 이 경우엔 차원의 문이 구각랑의 뒤에
고정된 느낌이라 그럴 수도 없었다.

암흑투기가 가뭄 후의 땅과 같은 구각랑의 몸을 진하게
적셨다.

구각랑의 몸이 더욱 커지고, 털은 더욱 윤기가 흘렀다.
아홉 개에 달하는 흰색 뿔이 8개로, 7개로, 6개로 오히려

줄어 갔다.

그리고 어느새 뿔의 색깔은 흰색이 아닌 은색이 되어 있었다.

구미호가 침을 꿀꺽 삼켰다.

[진짜 뿔이야. 6개의 진짜 뿔!]

구미호가 꼬리 6개가 생성된 것과 같은 출력이라고 말하고 있었다.

물론 그런 이야기를 굳이 듣지 않아도, 경식은 눈앞의 것이 조금 전의 구각랑과는 차원이 다르다는 걸 온몸으로 느끼고 있었다.

'이거, 힘들겠네.'

경식은 당장에 달려들지도 모르는 구각랑에게 대비했다.

헌데, 구각랑은 경식을 공격하기는커녕, 뒤를 돌아 황제를 바라봤다.

황제는 구각랑과 눈을 마주치자마자, 씩 웃으며 고개를 끄덕였다.

무언가를 명령하듯이.

그러자, 구각랑이 울부짖기 시작했다.

아우우우우우우우!

우르르릉!

엄청난 울림!

꺄아아아악!

일반인은 귀를 막으며 쓰러질 정도였다.

'큭! 도대체 무엇을 하려는 거야?'

자신을 공격할 줄 알았던 구각랑이 공격은커녕 무언가를 부르듯 울어 젖혔다.

그것뿐. 아무것도 하지 않는다.

'그렇다고 가만히 있을 순 없는 노릇이야.'

경식이 제이크를 보며 말했다.

"제이크! 아직 안 끝났⋯⋯?"

당연히 테카르탄을 처리했을 거라 생각했던 경식은 입을 다물 수밖에 없었다.

지금. 그가 생각하는 것과는 전혀 다른 방향으로 양상이 흘러가고 있었기 때문이다.

"크으윽!"

제이크는 상처 하나 없었다

그리고 테카르탄은 온몸이 상처였다.

헌데, 왜 제이크가 밀리고 있는가?

그것은 바로 암흑투기 때문이었다.

테카르탄이 사용하는 것은 오러가 아니다.

바로 암흑투기.

이 세상에선 있을 수 없는 기운을 끌어다 사용하는지라,

강력하긴 하지만 그만큼 한계도 존재했다.

헌데, 마계의 문이 열리며 암흑투기가 뿜어져 나오는 상황.

구각랑만 강해진 것이 아니었다.

테카르탄 역시 암흑투기를 받아들여, 더욱 고강해지고 있었다.

"흥미롭구나."

테카르탄이 빙긋 웃으며 자신의 검을 보았다.

자신의 검에 씌워져 있는 암흑투기.

그것은 더 이상 검은 색이 아니었다.

검붉은 색.

그리고, 테카르탄의 몸 역시 더 이상 마르지 않았다.

피부조차 살색이 아니었다.

갈색.

자칫하면 날개라도 나올 정도로, 그는 인간이 아닌 무언가로 변모해가고 있었다.

제이크가 이를 악물었다.

"암흑투기를 사용하더니 이제 마족이 되어 가는가!"

"강해질 수 있다면. 상관치 않는다……!"

검붉은 검을 제이크가 막아 갔다.

콰쾅!

제이크가 딛고 있던 땅이 움푹 파였고, 그것은 시작에 불과했다.

엄청난 쾌검이 제이크를 몰아세웠다.

쾌검은 모름지기 가벼워야 한다.

빨라야 하며, 연속공격이 가능해야 하기 때문이다.

그리고 눈앞의 공격은 무거웠다. 한 번 한 번이 죽음으로 몰아세울 만큼 강력했다.

헌데, 그것이 이전처럼 연속으로 날아든다.

그것도 이전보다 더욱 빠른 속도로 몰아세워진다!

"크으으윽!"

제이크가 수세에 몰린 가장 큰 이유였다.

'으으, 도움 받고 싶었는데, 오히려 도와주고 싶은 상황이잖아?'

하지만 도와줄 수 없다.

경식은 눈앞의 구각랑을 어떻게든 막아야 했기 때문이다.

[준비는 다 됐어?]

마음의 준비가 되었냐는 말.

그 말에, 경식이 차분히 고개를 끄덕였다.

'너와 합쳐질 준비는 이미 되어 있었지.'

[듣기 좋은 말이네.]

경식이 눈을 감았다.

그리고 뜬 순간,

그의 눈은 다홍색으로 물들어 있었다.

화아아악.

빛이 뿜어지며 소울아머가 몸을 감싼다. 감싼 소울아머의 색깔은 당연하게도 다홍빛. 그것은 여우의 털처럼 부드럽지만, 그 어떤 공격도 허용하지 않을 것처럼 단단해 보였다.

그리고 돋아난 네 개의 꼬리.

꼬리의 길이는 2미터 가까이 되었고, 하나의 꼬리처럼 뭉쳐서 하늘거린다.

츠츠츠츠츠츠.

주변의 공기가 달라졌다.

암흑투기가 닿는 모든 것에 악영향을 끼치고 있었는데, 경식과 구미호의 따스한 기운이 뿜어져 나와 주변을 어루만졌다.

=후아아아아아.

구미호와 직접 빙의가 되면 세상을 다 가진 것 같은 기분이 든다.

[그런 생각을 해 주니 고맙네.]

=너도 얼마든지 주도권을 가질 수 있을 텐데, 나에게 전

권 일임해 줘서 고마워.

경식은 구미호가 마음만 먹으면 자신을 제압하고 몸을 차지할 수 있는 상태라는 걸 충분히 인지하고 있었다.

하지만 그녀는 그러지 않았다. 그저 경식이 편하게 움직일 수 있도록 아무것도 하지 않고 있는 것이었다.

경식은 그런 구미호에게 감사를 표한 후, 옆을 보았다.

제이크는 여전히 테카르탄의 공세를 막아내며 뒤로 물러서고 있었다.

'믿어요, 제이크.'

제이크의 도움은 못 받을 것 같았다.

하지만, 그는 혼자가 아니었다.

쳐억!

거대한 한 명의 발걸음 소리.

하지만 그 발걸음 소리는 한 명의 것이 아니었다.

백 명의 똑같은 발걸음 소리.

텅 비어 버린 광장 안으로 철의 군대가 모습을 드러냈다.

경식은 마검을 쥐고 하늘 높이 들었다.

=포위!

파바바박!

철의 군대는 일사불란을 넘어서, 한 사람인 것처럼 움직여 구각랑을 포위했다.

아우우우우우우우!

우르릉!

구각랑의 울음이 다시 한 번 이어졌다.

그 기세에, 경식이 손을 펼쳤다.

화아악!

그것만으로도 방어막이 되어 백 명의 철의군대를 감쌌다.

=도대체 뭘 하려고 그러는 거지?

구각랑은 경식에게 달려들지 않았다.

마치 무언가를 부르듯, 계속해서 허공에 대고 울음소리만을 내뿜을 뿐이다.

뭔지 모르니, 우선 그것부터 막아야 한다고 느낀 경식이 앞으로 내달렸다.

그의 손에 든 마검에는 이미 붉은 화염이 넘실대고 있었다.

그것이 울음을 내뿜고 있는 구각랑의 목덜미를 베어 갔다.

물론 아무리 다른 일에 열중하고 있다 하여도 자신의 목을 베는데 가만히 있을 구각랑이 아니었다.

구각랑은 뒤로 가뿐하게 물러나 경식의 공격을 피한다.

거대한 몸체를 생각하면 말도 안 되는 빠르기였다.

그러고는 이어지는 브레스 공격!

구각랑의 입에서 나온 액화질소 같은 숨결이 주변을 얼리며 경식에게로 쇄도했다.

저거에 당하면 온몸이 얼어버릴 것이 분명했다.

경식은 왼손을 뻗었다.

그의 손바닥에서 거대한 화염의 구체가 돋아나더니 형태를 변형시켜 방패처럼 앞을 막았다.

치이이이이익.

얼음과 불의 대결.

하지만 얼음이 불을 밀어내며 앞으로 나아가고 있었다.

꼬리와 뿔의 개수 차이가 극명하게 드러나는 것이었다.

'하지만 이 정도는 예상하고 있었지.'

경식이 오른손에 쥐고 있던 마검으로 구각랑을 가리켰다.

=사격!

좀 모양 빠지는 말이지만 별달리 그럴듯한 말이 떠오르지 않았다.

그러자 양손에 검을 꽉 쥐고 대기하고 있던 그들이 허공으로 검기를 흩뿌렸다.

백 자루의 검에서 나온 날카로운 검기가 구각랑의 몸을 때렸다.

파사사사삿!

물론 긁힌 듯한 생채기일 뿐이다.

하지만 그로 인해 경식을 저미며 오던 한기가 서서히 뒤로 물러나는 것이 느껴졌다.

그리고 경식은 그때를 놓치지 않았다.

그가 마검을 양손에 쥐었다.

네 개의 꼬리가 쭈욱 줄어들며 그 반대급부로 마검엔 금방이라도 모든 걸 집어삼킬 듯한 다홍빛의 화염이 일렁거렸다.

일순 길이는 8m 가까이 늘어났다.

이건 검이 아니라 창. 아니, 창보다도 긴 무기가 되었다.

이 정도의 길이라면 무엇이든 죽일 수 있을 것 같았다.

설령 눈앞의 구각랑이라 할지라도 말이다.

쓰아아악!

경식의 마검이 구각랑의 몸을 두 동강 내듯 스치고 지나갔다.

파악!

구각랑의 몸이 반으로 갈라지며 한기가 쏟아졌다.

크아아아아아아앙!

구각랑이 비명을 지르며 뒤로 쓰러졌다.

하지만 그것뿐. 구각랑은 죽지 않았다.

그저 가죽이 모두 찢어져 새하얀 근육이 보일 뿐, 생명에는 지장이 없는 것 같았다.

그리고 가죽의 찢어졌던 부분마저 한기가 서리며 조금씩 복구가 되어 가고 있었다.

등 뒤에 마계라는 환경을 업은 구각랑의 힘은 이토록 대단했다.

=이거, 생각보다 일이 험악하게 돌아가는데?

사실 구미호와 빙의한 경식은 뭐든 이길 수 있을 것 같은 기분에 사로잡혀 있었다. 그리고 그런 그가 낼 수 있는 최대 출력으로 맞부딪쳤다.

헌데 그것을 비웃기라도 하듯, 구각랑은 인상을 찌푸릴 뿐, 회복 가능한 타격밖에 입지 않았다.

'이제 반격을 견뎌야 하는데……'

경식은 자신의 등 뒤에 돋아난 꼬리 형태의 소울 아머를 확인해 보았다.

조금 전 2미터 가까이 솟아 있던 4개의 꼬리는 길이가 1미터 남짓으로 줄어들어 있었다.

이것이 다시 차오르려면 꽤나 오랜 시간이 걸린다.

그 정도로 최고 출력을 다하여 사용한 일격이었는데, 그다지 타격을 주지 못한 것이다.

당장에 반격을 해 온다면 속수무책으로 당하는 상황.

그때, 구각랑이 다시금 입을 열었다.

아우우우우우우우우우우우우우우우우!

지금까진 볼 수 없었던 거대한 울음소리와 함께, 지금껏 구각랑에게 보호를 받으며 알아듣지도 못할 소리만 중얼거리고 있던 황제가 눈을 크게 부릅떴다.

그의 눈동자는 소름 끼치는 무지개 색이었다.

[오라! 나의 심장이여. 이곳에 길이 있으니, 드디어 아침이 밝기 시작했노라. 나의 일부여. 이 길을 따라, 나에게 올지어다!]

황제가 자신이 들고 있는 드래곤 하트를 높이 치켜 올렸다.

그러자 드래곤 하트가 지금까지와는 비교를 할 수 없을 정도의 거대한 빛을 뿜어냈다.

지름 50센티도 되지 않던 마계의 문에서 반응이 일어났다.

암흑투기가 뿜어져 나오던 그곳은 이내 잠잠해지더니, 그곳 안에서 공기나 분위기가 아닌 실질적인 물건 하나가 튀어나왔다.

바로 구슬.

아니, 또 다른 드래곤 하트였다.

황금빛의 그 드래곤 하트는, 허공에서 두리번거리듯 무

언가를 찾는 듯하더니 푸른 드래곤 하트를 발견하고는 화
살처럼 그곳으로 쇄도했다.

황제는 그것을 다른 손에 쥐었다.

두 개의 드래곤 하트를 쥔 황제는, 환희에 찬 미소를 지
었다.

"드디어 쥐었구나. 드디어, 내 것을 되찾았도다!"

양손에 드래곤 하트를 하나씩 쥔 황제가 씩 웃으며 자신
을 바라보고 있는 경식 일행과 철의 군대를 보았다.

"너희는 이것을 내 손에 쥐어 주지 말았어야 했다."

스으으으으으으읏.

무거운 바람이 주변을 감싸더니, 허공에 도형 같은 것들
이 그려지기 시작했다.

도형 속에서 뿜어져 나온 셀 수 없을 만큼의 거대한 마법
들이 주변을 초토화시켰다.

뭔가 터지거나 없어지는 소리도 나지 않았다.

5서클, 6서클, 7서클 이상의 마법들이 경식 일행과 철의
군대에게 무차별적으로 쏟아질 뿐이었다.

'끄윽!'

경식은 손에 들고 있던 마검까지 놓고, 양손으로 구미호
의 보호막을 펼쳤다.

츠으으으으읏!

주변의 모든 것을 막는 거대한 보호막.

그것은 분명 황제가 쏘아낸 모든 마법을 상쇄할 정도로 강력하고 대단한 것이었다.

하지만 그런 만큼 네 개의 꼬리가 급격하게 작아지기 시작한다.

급기야 구각랑까지 가세했다.

구각랑의 입에서 뿜어져 나온 한기가 경식에게로 직격했다.

=……미치겠군!

뒤를 돌아보았다.

혹시나 제이크나 다른 이들에게 도움을 청하기 위해서였다.

하지만, 이미 제이크의 소울이터는 흠집이 많이 가 금방이라도 깨질 것 같았고, 제이크 본신의 상태 역시 비슷했다.

반면 테카르탄은,

이미 인간의 형상이 아닌 마족의 형상이 되어 기괴한 웃음을 짓고 있었다.

아무래도 제이크 역시 테카르탄에게 몇 분 버티기 힘들 것 같았다.

수세에 몰린 상황.

구미호가 떨어지지 않는 입을 열었다.

[어쩔 수 없지. 솔직히 말해 주고 싶지 않았어. 아무리 너라도.]

'……뭐를?'

[그러니까 그게…….]

구미호가 말을 이으려는 순간이었다.

구미호는 아니고, 그의 몸 안에 있는 영혼들의 목소리는 더더욱 아닌, 또 다른 누군가가 그에게 속삭였다.

겹계를 거두고 손을 뻗어라.

=……누구지?

겹계를 거두고. 손을. 뻗어라.
그래야 모두가 살 수 있다.

그저 그런 한 마디였다.

헌데, 그 목소리에 실려 있는 무게는 보통을 아득히 넘어서고 있었다.

심지어 그것을 들은 구미호가 다 고개를 끄덕일 정도였다.

[우선 힘을 거두자. 어차피 몇 초 후엔, 탈진해서 쓰러질 거야.]

=…….

경식은 눈앞에 엄청난 마법과 구각랑의 숨결을 마주한 채 온몸에 들어가 있는 힘을 풀었다.

그러자 그를 감싸고 있던 소울 아머가 완전히 풀리며 보통으로 돌아왔다.

한기와 모든 마법이 경식을 덥치려는 상황!

경식의 눈앞에 무언가가 모습을 드러냈다.

바로 예의 그 비둘기였다.

그리고 그 비둘기는 웬일인지 날갯짓을 하며 허공에 떠 있었다.

그리고 비둘기의 가슴에는 파란 드래곤 하트가 목에 걸려 있었다.

그것을 본 황제가 눈을 부릅뜨며 소리쳤다.

"안 돼!"

황제는 재빨리 마법을 거두어 들였다.

모든 마법이 봄 눈 녹듯 녹아내렸다.

물론 구각랑의 입 역시 다물어졌고 그 한기는 산들바람처럼 주변을 훑고 사라졌다.

단 1초 사이에 모든 것을 덮쳐버릴 화력이 증발해버리

자, 경식은 얼떨떨했다.

상황 역시 이해가 되질 않았다.

'뭐지?'

푸른 드래곤 하트. 그리고 황금빛 드래곤 하트. 또다시 푸른 드래곤 하트였다.

현세에 한 번 등장하기도 힘든 드래곤 하트가 3개씩이나 동시다발적으로 등장했다.

말 그대로 갑자기 툭 튀어나왔다.

경식이 그런 생각을 하는 사이, 황제가 제이크를 몰아붙이고 있던 테카르탄에게 명령했다.

"저것을 나에게 가져와라!"

"……!"

제이크를 몰아붙이던 테카르탄이 그것을 듣자마자 경식을 노려봤다.

그와 동시에 비둘기가 자신의 가슴에 있는 드래곤 하트를 경식에게 가져다 대며 말했다.

이것을 쥐어라!

경식 역시 돌아가는 상황을 인지해서인지, 철의 군대에게 의념으로 명령했다.

'테카르탄을 막아요!'

곧이어 테카르탄에게 백여 자루의 검이 순차적으로 날아들었다.

물론 그것으로 테카르탄을 죽일 수 있다면 벌써 그리 했을 것이다.

제이크조차 이기지 못하는 철의 군대가 테카르탄을 이길 리 없고, 그들의 공격이 유효할 리 없었다.

하지만 그의 시선을 흐트러뜨리기엔 충분했다.

그리고 그때를 틈타 경식은 비둘기에게로 다가가 가슴팍에 있는 드래곤 하트를 쥐었다.

그리고 본능적으로 자신의 소울에너지를 불어넣었다.

찬란한 빛이 뿜어져 나왔다.

동시에 황제가 들고 있던 푸른 드래곤 하트에서도 빛이 뿜어져 나왔다.

조금 전, 찬란하긴 했지만 음울했던 푸른색은 온데간데없고, 티 없이 맑은 호수 같은 푸른색이 찬연하게 빛났다.

"이런!"

황제가 당황하여 쥐고 있던 푸른 드래곤 하트에 힘을 밀어 넣으려 했지만 늦었다. 이미 드래곤 하트가 자신과 동류인. 아니, 자신을 종속하던 또 다른 드래곤 하트에게로 빠르게 이동했던 것이다.

"아니 뭐 이건……."

경식은 어느새 자신의 반대편 손에 들린 드래곤 하트를 보며 어리둥절해 했다.

푸른 드래곤 하트 두 개.

블루드래곤의 것이었다던 드래곤 하트가 2개 모두 경식의 손에 들려 있는 것이었다.

그것을 합쳐라.

비둘기가 말했다.

경식은 또다시 비둘기가 말하는 대로 할 수밖에 없었다.

탁.

좌아아악!

찬란한 빛이 배가되며 주변이 푸른 색으로 물들었다.

그리고, 푸른 드래곤 하트로 열었던 마계의 문의 크기가 점점 줄어들다가 이내 사라졌다.

아직 나머지 드래곤 하트를 뽑아내야 했던 황제의 입장에선 청천벽력과도 같은 상황이 아닐 수 없었다.

"하지만 이미 일어난 일이로군."

상황파악을 끝마친 황제는, 제이크와 철의 군대의 공세로 인해 경식에게로 다가가는 것을 저지당하고 있는 테카르탄에게 다시금 명령했다.

"안 좋은 쪽으로 틀어졌지만 그쪽의 계획도 세워 놓은 터. 그 계획대로 이행……하라."

그 말을 끝으로, 황제가 눈을 까뒤집더니 쓰러졌다.

"존명!"

테카르탄은 경식에게 다가가는 것처럼 제스쳐를 취한 후 뒤로 물러나 틈을 벌렸다.

그러고는 쓰러진 황제에게로 빠르게 달려갔다.

턱.

테카르탄은 이미 그의 영혼이 떠난 황제에겐 볼일이 없었다.

어차피 그를 받아들인 부작용으로 인해 시름시름 앓다가 죽어갈 목숨, 거둘 필요도 없었다.

그가 필요한 건 오직 하나.

황금빛 드래곤 하트.

그것을 쥔 테카르탄이 이번엔 구각랑에게로 다가갔다.

마계의 문이 닫혀 암흑투기의 공급이 끊기자, 그 반동으로 인해 움직이지 못하게 된 구각랑은, 눈동자만을 굴려 자신의 앞으로 다가온 테카르탄을 바라볼 뿐이었다.

테카르탄이 씩 웃었다.

"알스."

"……!"

"잘가라."

푸하아악!

테카르탄의 반대편 손이 구각랑의 가슴을 파고들더니 그곳에서 무언가를 적출했다.

다름 아닌 사령의 구슬이었다.

착―

사령의 구슬과 황금빛 드래곤 하트를 양손에 든 테카르탄은, 미련 없이 수도의 광장을 벗어나 멀리 사라졌다.

"……."

그가 사라진 광장은, 말라비틀어진 수많은 시체와 스며든 암흑투기로 인해 지옥이 되어 있었다.

"……이게 도대체 무슨 일이야."

경식은 자신의 양손을 바라보았다

그곳엔 두 개의 드래곤 하트가 영롱하게 빛나고 있었다.

Chapter 6

드래곤 하트

"내 의식 세계는 전부 가 봤었다고 생각했는데."

경식은 자신의 또 다른 의식세계를 둘러보며 시큰둥한 표정을 지었다.

구미호의 여우구슬 속. 그리고 에리카와의 공간 등등.

이것에 한해선 다른 이들보다 좀 더 경험이 많다고 여겼는데, 또다시 그런 세계에 와 버린듯하다.

"그렇다면 나는 또 쓰러졌다는 거잖아?"

하긴. 영혼들과의 빙의와 더불어서 구미호와의 빙의는 경식의 심력을 갉아먹는 주요 원인이다.

그러한 일들이 있었으니. 이렇게 되는 것도 당연했다.

문제는 이곳이 도대체 어디냐는 것이다.

주변은 공허했고, 밟을 땅조차 없었다.

경식은 지금 날고 있었다.

―인사를 하는 건 처음이군.

그때, 누군가의 목소리가 공허하게 들려 왔다.

고개를 돌리자 그곳엔 비둘기가 퍼덕이며 경식을 바라보고 있었다.

그 진지한 눈동자에겐 미안하지만, 경식은 눈앞의 비둘기가 조금 웃겼다. 근엄한 표정을 짓기엔 그저 비둘기였고, 더군다나 살이 쪘기 때문이다.

"도대체 넌 정체가 뭐야?"

―바람의 최상급 정령, 도브로다.

"호오."

바람의 최상급 정령.

역시 무언가 있는 녀석이었다.

"잠깐. 바람의 정령인데 왜 죽어라 날개를 펼치지 않았던 거냐?"

―굳이 그럴 필요가 없었으니까.

다리가 빠르니, 굳이 날개를 펼칠 일도 없었다는 뜻이다.

"너는, 원래 사령의 보옥에 갇혀 있던 존재야?"

―어쩔 수 없이 머물던 존재라고 해두지.

"어쩔 수 없다고? 그것은 왜지?"

—그를 지키기 위해서.

그리 말하는 바람의 정령. 도브로의 가슴팍에 메여져 있는 드래곤 하트가 유달리도 빛나 보였다.

"그분이라 함은……?"

—제르커스. 내 목에 걸려 있는 곳에 계시는 분이다.

"……!"

제르커스.

최근에 들은 바 있는 이름이었다.

기억을 하려고 인상을 찌푸리던 경식의 머릿속에서, 제르커스에 대한 정보가 떠올랐다.

"블루드래곤 제르커스?"

테르무그 공작령의 시초가 된 테르무그 그란츠. 그가 죽였다고 전해지는 블루드래곤 제르커스.

그 제르커스가 드래곤 하트에 들어 있다는 것이었다.

"아니 어떻게?"

어떻게 그럴 수 있냐고 말을 하려던 경식은 말을 하면서 깨달았다.

드래곤의 심장은 두 개다.

하나는 마나라는 녀석을 담는 그릇.

그리고 또 하나는 그 거대한 영혼을 담는 그릇.

그리고 눈앞의 그대론 하트는 마나를 담는 그릇이 아닌, 영혼을 담는 그릇이었다.

그러니 제르커스의 영혼이 담겨 있어도 크게 이상할 게 없는 것이다.

"저, 정말 저기에 드래곤이 담겨 있다고?"

—그렇다. 이곳에 계시지.

"장난 아니네."

—그래서, 그 테카르탄이란 작자가 나에게서 그분을 빼앗으려 하였던 것이다.

드래곤이 담긴 드래곤 하트.

충분히 매력적인 아티팩트라고 할 수 있었다.

하지만 그것으로 무엇을 하겠는가? 드래곤과의 대화? 드래곤에게 빙의되어 씌이는 일?

드래곤만 좋은 일일 뿐, 평범한 사람이라면 수집가가 아닌 이상 필요가 없는 부분이기도 했다.

'영혼을 다루는 나 역시 그걸로 뭘 해야 할지 모르겠는데, 왜 가지고 가려고 한 거지?'

경식의 생각을 마치 읽기라도 한 듯, 도브로가 그에 대한 답을 말해 주었다.

—그들은, 그분의 존재가 필요했다.

"이유는?"

―필요했기 때문이지. 그들이 이곳으로 올 수 있는 좌표
가 말이다.

그는 계속해서 '그들'을 언급했지만, 경식은 그 '그들'
이라는 것을 정확히 알 수 없었다.

"그러니까 그 그들이라는 게 누군데? 아니. 그 이전
에…… 황제에게 씌었던 그 이상한…… 녀석은 누구지?"

무지갯빛 눈동자.

그는 분명 황제의 몸을 입고 있었지만, 황제가 아니었다.

―…….

도브로는 한동안 말이 없었다.

그러더니, 경식에게로 다가와서 자신의 가슴팍에 매달려
있는 드래곤 하트를 쥐라는 듯 내밀어 보였다.

―나머지는 이분이 말씀해 주실 것이다. 이곳에 손을 대
어라.

"……."

마다할 리 없었다.

경식은 눈앞의 드래곤 하트에 손을 가져다 대었다.

화아아악!

*　　　*　　　*

하늘은 맑고, 눈 아래엔 아름다운 초원이 펼쳐져 있었다.

아니, 아름다운 초원이라기에는 어폐가 있었다.

초원은 아름다웠지만, 그곳을 활보하는 것은 초식동물이나 그것을 잡아먹으려고 달려드는 육식동물 따위가 아니었다.

도망치는 건 이 세상의 모든 동물들이었고,

쫓아가는 건 이 세상의 것이 아닌 마물들이었다.

"1,000년 전 이야기이다."

"……?"

경식은 자신의 옆에서 친근하게 들려 온 목소리에 화들짝 놀랐다.

그곳엔 푸른 머리에 잘생긴 청년이 싱긋 웃고 있었다.

"반갑군. 제르커스다."

"아! 만나서 반갑습니다."

"그래. 인사는 이쯤하고, 일단 네 궁금증을 먼저 풀어 줘야겠구나."

거기까지 말한 제르커스가 아래쪽을 가리켰다.

그곳은 여전히 거대한 평야였고, 대륙의 많은 생물들이 마물들에게 몰려서 도망을 치고 있었다.

"1,000년 전. 케헤라는 인간 흑마법사는 마계의 문을 열었다. 어느 정도는 알고 있겠지?"

경식은 고개를 끄덕였다.

인간의 몸으로 8서클을 뚫은 마도사.

케헤.

그는 더욱 높은 경지를 위해서 마계의 힘을 이용했고, 그러다 결국엔 마계의 문을 열기에 이른다.

그리고 그곳에선 힘의 고하를 막론한 마물들이 폭포처럼 쏟아져 나와 세상을 어지럽혔다.

그리고 그것을, 에케인과 그란츠. 그리고 많은 영웅들이 목숨을 아끼지 않고 고군분투한 끝에, 10년이라는 세월 동안 인류를 지켜낼 수 있었다.

마계의 문.

그것은 마치 태풍과도 같은 자연재해였다.

거대한 태풍도 언젠가는 그치듯, 마계의 문 역시 10년이라는 인고의 세월 끝에 그 입을 다물고 세상에서 종적을 감추었다.

모든 마족들이 분신을 소멸시켰고,

암흑투기가 끊기자 마물들 역시 완전소멸에 이르렀다.

물론, 개중에 구각랑처럼 덩치가 커진 마물들은 조금씩 버텼지만, 그 시간이 길지 않아 대부분 사라졌다.

태풍은 지나갔다.

하지만 이미 모든 것이 쑥대밭이 된 상태.

그것을 다시 일구어 나가는 데에 인간들은 모든 혼신의 힘을 쏟아 냈다.

난세에 등장한 영웅, 에케인과 그란츠는 인간들을 잘 인솔하였고, 살아남은 인간들 역시 살기 위해 열심히 노력해 밭을 일구고 건물을 세웠다.

다시 0에서부터 시작하는 기분.

나쁘지 않았다.

그러기를 수 년.

누군가가 나타났다.

한 명의 소녀였다.

"저도 당신들을 돕겠어요."

구각랑 역시 사라지기 일보직전, 영 능력이 극도로 발달된 소녀를 발견하게 되어, 그 아이에게 자신의 모든 정화와 영혼을 의탁하기에 이른다.

그 소녀의 이름은 에리오르슈.

에리오르슈 가문을 만든 선조이다.

그녀는 구각랑의 힘을 물려받은 후, 구각랑이 회복을 꾀하는 동안 그 힘을 사용하여 주변의 영혼들을 끌어 모아 그 누구보다 강력해진 상태였다.

에케인. 그란츠. 그리고 에리오르슈는 서로 합세하여 제국을 건설하기에 이른다. 에케인이 황제가 되었고, 그란츠는 테르무그 가문의 시초. 그리고 에리오르슈는 에리오르슈 가문의 시초가 되기에 이른다.

인류는 다시금 초석을 다졌다.

나름, 행복해졌고 내일을 볼 수 있는 여유도 생겨났다.

그러자 잊고 있던 아픔이 떠올랐다.

마계의 문을 연 집단.

바로 흑마법사들.

그들은 지금 이 순간에도 어디에선가 태동의 때를 기다리고 있을지 몰랐다. 최악의 상황에선 다시금 마계의 문이 열리는 불상사가 생길 수도 있는 일.

그것을 막기 위해, 제국은 군대를 이끌고 그들의 흔적을 이 잡듯 쫓았다.

그때 가장 많은 도움을 준 것이 다름 아닌 에리오르슈였다.

그녀는 영혼을 이용하는 힘으로, 다른 영혼의 냄새가 나는 이들을 어렵지 않게 찾았고, 군대를 이끌고 그곳으로 쳐들어갔다.

그곳은 험준한 산이었다.

처음엔 흑마법사들을 한 곳에 몰 수 있다고 좋아했지만, 지형적 이점을 살린 흑마법의 변칙적인 공격에 제국은 2차 3차 토벌군을 결성하여도 그들을 뿌리 뽑을 수 없었다.

한 번 토벌을 할 때마다 희생자가 늘었고, 그 희생자들은 다음 토벌전 때는 살아 있는 시체가 되어 그들 앞에 섰다.

득보다 실이 많은 토벌.

그리고 연속되는 실패.

제국은 그들을 그냥 둘 수밖에 없었고, 그들의 집단은 20년이 지나자 제국과 동등한 무력을 갖춘 마도국이 되었다.

빛과 암흑이 공존하는 혼돈의 세계.

다시금 대륙을 장악한. 아니, 장악했다고 자부하는 인간들.

'이제 좀 인간 세상다워졌군.'

블루드래곤 제르커스.

그 역시 인간으로 변신하여 암암리에 그들을 도운 주역이기도 했다.

그는 인간들의 혼돈. 그리고 그 혼돈 속에서 피어나는 선한 아우라를 너무나도 좋아하는 괴짜 드래곤이었다.

그는 더없이 기뻤다.

다시금 인간 세상에 빠져들어 그들의 희로애락을 느끼고 싶었다.

하지만 그런 생각도 잠시였다.

설명을 하던 제르커스의 입이 꾹 다물어졌다.

그리고 무언가 회상하는 듯하더니, 인상을 찌푸리며 한숨을 푹 내쉰다.

"어느 날. 드래곤 로드가, 모든 드래곤을 호출하기에 이르렀다."

그날은 드래곤 로드가 수면기에서 깨어나는 날이기도 했다.

모든 드래곤들이 그가 사는 레어에 도착했다.

대륙에 존재하는 드래곤의 수는 단 50개체.

레드, 블루, 블랙, 화이트, 그리고 골드 드래곤.

그들은 수면기에서 막 깨어난 드래곤 로드를 보러 모두 모였다.

드래곤 로드의 얼굴은 심각했다.

"이 세상이 왜 이렇게 되었지?"

그가 수면기에 접어든 후 500년이라는 시간이 흘렀다. 500년이라는 시간은 인간 세상에선 큰 세월의 굴레이지만 영원을 사는 드래곤들에겐 찰나와도 같은 시간이었다.

찰나와도 같은 시간 사이에, 많은 일들이 일어났다.

대륙이 이전과는 다르게 황폐화 되어 있었다.

"우리들의 세상을 누가 이리 만들었는가."

우리들의 세상.

드래곤들만의 세상이다.

유사인종들은 자신들이 세상의 중심이라고 생각한다. 특히 인간들은 오만하여 그러한 생각이 더욱 크다.

하지만 천만의 말씀.

이 세상을 실질적으로 지배하는 건, 아니. 이미 정해져 있던 주인은 드래곤들이다.

드래곤들은 이 세상이라는 터전을 전지적인 시점에서 바라보는 신적인 존재.

그들이 무엇을 하건 상관하지 않는다. 이미 자신들의 것이기 때문에 상관할 필요가 없기 때문이다.

물론 마계의 문이 열린 것도 크게 걱정할 건 아니었다. 이렇다 할 마왕들이 대거 출두할 정도로 거대한 문도 아니었고, 또한 10년 남짓밖에 열리지 않았으니 세상 전체를 두고 보았을 땐 자연스러운 현상일 수도 있었다.

그런 것은 상관하지 않는다.

하지만, 그 이후의 일이 문제였다.

인간들은 살아남았고, 그 인간들은 삶의 터전을 되찾기 위해 투쟁했다. 다른 종족들을 배척하고, 나무를 베고, 흑마법을 남용하여 세상을 어지럽힌 것도 모자라 두 파벌끼리 싸우면서 세상 전체를 황폐화시켰다.

거기에까지 생각이 미치니, 마계의 문을 열어서 세상을 어지럽힌 것과, 그 이후의 일을 모두 포함하여 생각하게 되어 버린다.

인간이란 종족.

없어져야 마땅한 종족이지 않은가 말이다.

"이 세상에, 생명의 기운이 너무나도 많이 줄어 있다. 우리가 가꾸어 오던 정원이 벌레들에 의해 좀먹고 있는 것을 더 이상 볼 수가 없구나."

드래곤 로드는 선포했다.

인간이라는 종족을 멸하기로.

그리고 모두가 그것에 찬성했다.

단 한 드래곤.

블루드래곤 제르커스를 제외하고 말이다.

"분명 인간에 의해 세상이 이렇게 되었지만 마계가 열렸을 때 우리가 나서지 않은 것도 큽니다. 그들은 살아남으려고, 잃은 것을 되찾으려고 아등바등했을 뿐입니다."

"지금 벌레들의 편을 드는 것인가?"

"벌레들이라 하지 마시지요!"

드래곤 로드는 제르커스가 인간과 너무 친하게 지내서 판단이 불투명해진 것이라 생각했다.

하지만 드래곤 로드의 생각과는 달리, 제르커스는 이미 인간이 아니면 살아갈 수 없게 되어 버렸다.

'일명 인간 오타쿠네. 그것도 중증 오타쿠.'

지구에선 애니메이션 캐릭터와 결혼까지 하는 오타쿠도 존재한다. 그런 것에 비하면 제르커스의 인간사랑은 오히려 애교다.

　　"드래곤 로드는 나를 죽였다."

　　"……테르무그 그란츠에 죽은 것 아니었나요?"

　　테르무그 그란츠가 유명한 것은, 건국공신인 것도 그렇지만 제르커스라는 드래곤을 죽였기 때문이다.

　　그런데, 그것이 아니라고?

　　"나는 드래곤 로드에게 죽임을 당했다."

　　압도적인 무력의 차이.

　　다행히 그 자리를 벗어날 수는 있었지만, 오래지 않아 죽는다는 걸 그는 본능적으로 알고 있었다.

　　"나는 에리오르슈에게로 찾아갔다."

　　그는 에리오르슈에게 자신의 몸을 의탁했다.

　　몸이 소멸하는 가운데, 에리오르슈에게 자신의 영혼을 내맡겼다.

　　"그 이후의 일은 잘 기억나지 않는다. 뭐 그 그란츠인가 뭔가 하는 녀석이 내 시체를 해체해 갔겠지."

　　'그런 거였나…….'

　　하긴. 드래곤의 비늘에 상처를 낼 수 있는 이는 그 당시 그란츠밖에 없었을 것이다.

그러니 그런 소문이 났고, 드래곤 슬레이어라는 거짓은 굳이 바로잡고 싶지 않은 법이니까.

　"나는 에리오르슈에게 인간을 영멸하려는 우리 종족의 계획을 모두 말해 주었다. 아주 심각한 상황이었지."

　그 사실을 들은 에리오르슈는 황제와 그란츠에게 이 일을 알렸고, 황제는 즉시 마도국으로 혈혈단신 찾아갔다고 한다.

　적진에 맨몸으로 찾아가는 것.

　그것은 아무나 할 수 없는, 영웅만이 할 수 있는 행동이었다.

　그리고 그 결단의 결과는 다행히 고무적이었다.

　마도국의 총수가 황제의 말을 들어주었고, 에리오르슈가 사령의 보옥으로 흡수시킨 제르커스의 설명으로 인해 일의 심각성을 깨닫기에 이른다.

　전무후무한 마도국과 제국의 연합.

　인류의 몰살 앞에선 그런 것도 가능했던 것이다.

　"그 후, 엄청난 전쟁이 일어났다."

　드래곤이 사는 산맥에, 인간이라는 종족이 갖고 있는 총 전력이 투입되었다.

　아무리 드래곤이 전지전능하다 하여도, 한 종족. 그것도 이미 번성할 대로 번성하고, 회복할 대로 회복한 상태의 모든 인간들을 쉽게 이길 수 있을 리가 없었다.

드래곤 로드를 위시한 모든 드래곤들은 불시의 공격에 당황했다. 사방을 개미처럼 포위하고 달려드는 인간들에게 다시 한 번 당황했다.

죽음의 공포를 도외시한. 자살을 하는 것과도 같은, 참신하고 과감한 공격들.

그것은 드래곤들이 생각하는 범주를 넘어섰다. 말 그대로 그 의외성 있는 공격들이 드래곤들에게 차근히 먹혀, 엄청난 소모가 뒷받침된 '선전'이 가능했다.

물론. 그렇다고 해서 드래곤이라는 종을 이길 수 있는 것은 아니다.

그저 당황했을 뿐.

대응은 빨리 일어났고, 다시금 인간들이 밀리기 시작했다.

하지만, 인간들은 이것을 예상하고 있었다.

그리고 이 전투를 드래곤을 이기려고 하는 것도 아니었다.

모든 것은 작전의 일부였다.

유인책이었다.

드래곤들의 이목이 인간들에게 집중해 있을 때, 누군가가 드래곤 로드의 레어에 몰래 잠입하는 것이 목표였다.

그것은 바로 에리오르슈.

그녀는 드래곤 로드의 레어로 잠입해 들어갔다.

드래곤 로드의 레어에는 당연히 함정 같은 것이 많았고, 레어를 지키는 가디언 역시 많았다. 아무리 에리오르슈가 강하다 한들 드래곤을. 그것도 드래곤 로드가 자신의 레어를 지키기 위해 만들어 놓은 가디언과 함정들을 모두 파훼할 능력은 없었다.

게다가, 들키지 않고 잠입하는 것은 더더욱 불가능에 가까웠다.

하지만 에리오르슈는그 불가능을 뛰어넘어 잠입해 들어갔다.

그가 가지고 있는 영혼들 중, 블루 드래곤인 제르커스가 있었기 때문이다.

함정과 가디언이 드래곤은 인식하지 못하는 것을 이용한 것이다. 이미 에리오르슈는 제르커스의 영혼과 빙의하여 드래곤과 같은 상태가 되었기 때문에 수월한 잠입이 가능했다.

그리고 가장 핵심부까지 잠입을 한 결과,

그들은 D—CODE가 있는 곳에 도착할 수 있었다.

D—CODE.

일종의 구슬이었다.

그 구슬은, 드래곤이라는 종족을 관장하는 구슬.

드래곤 로드에게만 허락된 권능이기도 했다.

이것으로 드래곤 로드는 모든 드래곤들을 죽일 수도, 명령에 복종하게 만들 수도 있는 것이다.

하지만 그런 복잡한 것들은 드래곤 로드가 아닌 이상 알지 못한다.

그리고 그럴 시간도 없었다.

이미 이곳에 도착했고, 전선에서 싸우던 드래곤 로드는 지금 자신의 레어에서 무슨 일이 벌어지고 있는지 알아차렸을 것이 분명했다.

남은 시간은 1분 남짓.

아니, 그것도 남지 않은 짧은 시간밖에 주어지지 않았다.

이것을 위해, 인류는 인류 전체 전력의 50퍼센트 이상을 희생한 것이다.

그 1분의 시간. 반드시 슬기롭게 사용해야 했다.

에리오르슈는 D—CODE에 손을 대었다. 그리고 제르커스와 함께 그것을 조작했다.

사실 조작이랄 것도 없었다. 제르커스 역시 이것은 모험이었다. 에리오르슈 안에 들어 있는 제르커스 역시 D—CODE의 존재만 알 뿐, 작동방법은 몰랐기 때문이다.

—하지만 스위치처럼 보이는 것은 언제나 돋보이는 법이지.

구체에 돋아나 있는 많은 단추들 중 유일하게 붉은 색인 커다란 단추.

그것을 누르려 했다.

"지금 무엇을 하는 것인가!"

그리고 어느샌가 집으로 돌아온 드래곤 로드는 대경실색하고 만다.

정말 1초만 늦었더라도, 인간은 패배했을 것이다.

드래곤 로드가 제지하기 전에, 전원 버튼이 눌러졌다.

그렇게 D—CODE의 단추가 꺼져 갔다.

그리고 모든 드래곤들의 영혼이 D—CODE가 있는 로드의 레어로 옮겨져 갔다.

말 그대로 유체이탈.

전장에서 인간들을 학살 중이던 50여 마리의 드래곤들이 전부 유체이탈을 한 것이다.

그리고 그것은 드래곤 로드 역시 마찬가지였다.

50여 개의 영혼이 모두 레어로 모였다.

말 그대로, 영혼을 담는 드래곤 하트 100개가 몸에서 통째로 빠져나와 드래곤 로드의 레어로 전송된 것이었다.

드래곤의 드래곤 하트는 2개.

그 두 개가 모두 빠져나와 눈앞에 대령되었다.

그 숫자는 무려 100개.

그리고 이 100개의 드래곤하트는 이 세상에 있으면 안 되는 것들이었다. 이것을 어떻게 처리하느냐가 문제였다.

사실 일이 이런 식으로 일이 돌아갈지는 꿈에도 몰랐기 때문에, 그리고 성공확률도 극히 낮았기 때문에, 이 이후에 어떻게 해야 할지 생각을 못했었다.

이 세상에 머물면 안 되는 50여 드래곤들의 영혼과 힘이 담긴 구슬 100개.

그것을, 이 세상이 아닌 다른 세상으로 보내기로 결심했다.

제르커스는 9서클의 마법을 사용하여 차원의 문을 열었다.

하지만 다른 차원의 문을 열려면 다른 차원의 존재를 촉매로 사용해야 한다.

그리고 그 촉매는 당연하지만 구각랑이 되었다.

구각랑이 마계에서 왔기 때문이다.

사실 마계를 열어서 드래곤들의 영혼을 보내는 것은 오히려 역효과가 날지 몰랐다. 드래곤의 영혼들이 마계의 기운을 받고 어떤 식으로 작용할지 그 아무도 모르기 때문이다.

하지만 다른 차원에서 온 존재가 많은 것도 아니고, 있다 한들 지금 당장 열어서 내보내야 하는 상황이라 달리 선택을 할 수 있는 여건도 되지 않았다.

거대한 마계의 문이 열렸다.

그리고 그곳으로 100여 개의 드래곤 하트들이 전부 들어간 후 닫혔다.

아무 일도 없는 듯했다.

마치 아무 일도 없듯이, 그렇게 이 세상을 쥐락펴락하던. 이 세상의 주인이라 자처하던 드래곤들이 모두 사라지게 되었다.

"하지만 일은 그렇게 쉽게 끝나지 않았다. 그때는 그것이 끝인 줄로만 알았지."

그땐 미처 알지 못했다.

드래곤 로드의 힘을.

드래곤이라는 존재의 영혼은 거대했고, 그 드래곤들의 로드는 더더욱 영혼이 고강했다.

드래곤 로드는 모든 상황을 파악하고, 드래곤 하트에서 자신의 영혼을 끄집어내어 다른 곳에 덧씌우는 것이 가능했던 것이다.

"드래곤 하트가 아님에도 불구하고 영혼을 옮길 수 있었던 건, 드래곤 로드가 얼마나 고강한 존재인지 알려 주는 소름 끼치는 대목이다. 같은 드래곤이지만 상상조차 할 수 없을 만큼 엄청난 정신력이지."

말을 하는 제르커스가 치를 떨었다.

"설마 금반지 하나에 영혼을 옮길 수 있으리라곤 상상도 못 했다. 그리고 그는 때를 기다렸지. 전쟁이 끝나고, 전리품을 챙기러 인간들이 이곳에 오기를 말이야."

전쟁이 끝났다. 그리고 어떤 영문에서인지 전장에 나서 있던 드래곤들은 영혼이 거둬들여 짐과 동시에 자신의 레어로 워프 되었다. D—CODE가 거지면서 드래곤들의 모든 위치와 좌표가 초기화 되어 버린 결과였다.

"게다가 멀쩡한 드래곤의 몸을 상하게 하면 영혼이 다시금 돌아올지도 몰랐지. 비록 다른 차원에 있지만, 자신의 몸을 기억하기 때문이지."

덕분에 드래곤들의 몸체는 털 끝 하나 상하지 않고, 자신들의 레어에 들어가 있는 상태였다.

하지만 드래곤 로드는 달랐다. 이미 경계가 한 번 뚫린 곳이기도 했고, 유일하게 위치를 알게 된 드래곤 레어이기 때문이다.

전리품은 마도국과 제국이 동등하게 분배해야 한다는 목소리가 높았다.

모두가 들어갈 수 없는 위험한 곳이라, 황제와 마도국의 총수. 둘이 들어가 전리품을 챙겨 오기에 이른다.

그것은 바로 영생의 반지.

낀 사람은 죽지 않는 반지였다.

하지만 그것은 겉 표면의 기능일 뿐.

이 영생의 반지에 씌인 것이 드래곤 로드의 영혼이라는 것을, 마도국의 총수는 알지 못했다.

그 때문에, 드래곤 로드의 영혼이 깃든 반지를 가져오게 된다.

그 반지는, 당연하지만 드래곤 로드의 영혼이 깃들어 있는 반지였다.

하지만 당장에 드래곤 로드가 할 수 있는 것은 아무것도 없었다. 금반지에 매달리기엔 너무나도 거대한 영혼이었고 불가능한 작업을 해내기 위해 많은 영력을 소모한 상태였다.

드래곤 로드는, 그저 마도국의 총수가 끼고 있는 반지에서 기회를 노렸다. 다행히도 마도국의 총수는 7서클을 마스터한 상태였고, 마법을 사용하기에 적합한 상태였다.

드래곤 로드는 알게 모르게 마도국의 총수에게 도움을 주어 8서클에 오르게 만들었고, 9서클에 오르게 만들었다.

그러면서 영력을 회복해 갔다.

수백 년이 지나, 총수의 몸을 완전히 지배할 때까지 말이다.

"흐음."

인간의 몸은 만족스럽지 못했지만, 그럭저럭 살 만해졌다 싶은 것이 바로 5백 년이 지난 후였다.

인간의 삶은 짧다.

그토록 신경을 쓰며 몸을 사리던 에리오르슈도, 인간들의 영웅이라 할 수 있는 황제와 그란츠 역시 숨을 거두었다. 이제는 그 강인하던 영웅들의 피를 이어받은 후손들만이 있을 뿐이었다.

반면 드래곤 로드는 영력을 더욱 회복하여 갔고, 400여 년이 더 지난 후에는 원격으로 사람을 홀릴 수가 있었다.

말 그대로 원격.

그 누구든, 일반인이라면 정신을 지배하는 것이 가능해진 것이다.

드래곤 로드는 더욱 기다렸다.

마도국에서 제국의 황궁. 그 황궁 안에 있는 가장 핵심 인물의 정신을 지배할 수 있을 때까지 말이다.

그것이 바로 황제였다.

드래곤 로드는 황제의 심령을 점진적으로 제압해 갔다.

알게 모르게. 굳건한 황제의 정신을 피폐하게 만들어갔다.

결정적일 때 실수를 하게끔 유도했다.

황제는 늙어갔고, 더욱더 심령 제압에 약해져서 종국에

는 드래곤 로드가 황제의 몸에 직접 강림할 수 있게 되었다.

"그렇게 되고 했던 가장 처음 행동이 무엇인지 아는가?"

바로 에리오르슈 가문을 몰락시키는 일이었다.

황제의 묵인 하에. 아니, 동조 하에. 마도국의 총공격이라 할 수 있는 군세가 에리오르슈 가문을 습격한다.

그게 가능했던 이유가 바로 황제가 심령제압을 당했기 때문이다.

그리고 지금 역시 마찬가지였다.

결정적인 순간에, 황제의 몸에 강림하여 마계의 문을 열었다.

그리고 무언가를 가져갔다.

여기서 한 가지 의문이 생긴다.

경식이 고개를 갸웃하며 물어봤다.

"마도국의 총수가 드래곤 로드다…… 그리고 천 년을 살았다……는 건 잘 알겠습니다. 그런데…… 그는 알스를 키우려는 것 아니었나요?"

알스. 즉, 구각랑.

구각랑을 키우는 것이 목적.

그런 줄로만 알았다.

하지만 제르커스가 경식의 의문에 의문으로 대답했다.

"구각랑의 힘을 왜 키우게 했을지 생각해 보았는가?"

"음…… 이유가 있나요?"

"바로 마계의 문을 열기 위해서였다."

구각랑이 성장하여, 드래곤 로드와 힘을 합세하여 마계의 문을 여는 것.

그것이 드래곤 로드의 목적이었다.

"그리고 그것은 마계의 문을 열었던 흑마법사 케헤가 있다면, 뿔 3개 달린 구각랑일지라도 크게 상관이 없다."

꼭 뿔이 아홉 개가 있어야 되는 것이 아니었다. 없는 뿔의 공백은 흑마법사 케헤가 채워 줄 수 있었다.

그리고,

"바로 나의 드래곤 하트가 채워 줄 수 있었겠지."

마나의 보고.

테르무그 가문의 제 1의 가보이자, 이 세상 최고의 마력 증폭장치.

그것만 있다면 나머지 뿔의 공백을 채울 수가 있었던 것이다.

"그리고 마계의 문은 열렸다. 그가 원하던 것 중, 하나를 얻었지."

황금빛 드래곤 하트.

그것은 드래곤 로드가 원래 가지고 있던 마나를 모으는

드래곤 하트였을 것이다.

"사실 그가 원한 것은, 나의 영혼이 담긴 드래곤 하트였
겠지."

에리오르슈 가문이 망하면서 사령의 보옥에 있던 모든
영혼들이 뿔뿔이 흩어졌다.

붉은 어금니나 투마처럼 다른 몸체에 씌어서 살아가던
게 대부분이었지만, 바람의 정령처럼 비둘기의 모습을 한
채 몸을 유지할 수 있던 이도 존재했으며, 제르커스처럼 자
신이 원래 담겨져 있어야 할 드래곤 하트로 되돌아가는 경
우도 있었다.

"같은 종류의 것은 같은 종류의 것을 끌어당기지. 때문
에 나의 마나를 담던 드래곤 하트는 드래곤 로드의 마나를
담던 드래곤 하트를 끌어당길 수 있었던 것이다."

그러니, 제르커스가 담겨 있던, 영혼을 관장하는 드래곤
하트까지 손에 넣었더라면…….

"드래곤 로드가 기거할 수 있는 영혼의 그릇. 또 다른 드
래곤 하트까지 마계로부터 이곳으로 나왔을 것이 분명하
다."

"그렇게 된다면……?"

"네가 드래곤 로드의 몸을 되찾는다면, 무엇부터 하겠는
가?"

"당연히······."

D—CODE를 움직여 모든 것을 제자리에 되돌려놓을 것이다. 물론 영혼은 현세에 없으니, 마계의 문을 연 상태에서 D—CODE를 조작하겠지.

"드래곤들은 다시 돌아오고, 이 세상에 인간이라는 종족은 단 한 마리도 살아남지 못하게 된다."

"······그것이 실패한 건 정말 다행이네요."

경식은 이제야 모든 것이 이해가 갔다.

바람의 정령이 자신에게 영혼담긴 드래곤 하트를 넘겨주었고, 그것에 힘을 주자 원래 두 개가 한 세트인 드래곤 하트끼리 자석처럼 이끌려서 경식의 손에 잡혔었다.

그 드래곤하트로 마법을 사용하고 있던 드래곤 로드는 기폭제를 잃었고, 그가 찾아 헤매던 영혼을 담는 드래곤 하트를 찾아내기 전에 마계의 문이 닫히고 만다.

실패한 것이다.

"하지만 그에게는 사령의 보옥이 있다. 급한 대로 그곳으로 몸을 옮길 것이다."

"······하지만 사령의 보옥을 가지고 있던 알스를 죽이고 가지 않았나요?"

그 말에, 제르커스는 표정을 더욱 굳혔다.

"원래 주인의 몸을 그릇으로 사용하겠지."

"사령의 보옥의 원래 주인……?"

말을 잇던 경식은 눈을 찢어져라 부릅떴다.

사령의 보옥.

그것의 원래 주인의 몸.

경식의 동공이 크게 흔들렸다.

"에리카가 위험해!"

경식은 자신의 의식 세계에서 재빨리 에리카를 찾아 헤맸다.

하지만, 에리카의 대답은 들려오지 않았다.

*　　　*　　　*

"후우! 하아!"

경식이 눈을 바로 뜨고 주변을 둘러봤다.

주변에 변한 거라곤 아무것도 없었다.

드래곤 제르커스에게 그 많은 이야기를 들었음에도 불구하고, 현실은 눈 깜짝할 시간밖에 지나지 않은 상태였다.

"아아……아아아!"

경식은 다시금 눈을 감고 에리카와의 연결을 시도해 보았다.

거리는 멀더라도 언제나 연결되어 있다고 느낄 수 있던

에리카의 존재는 느껴지지 않았다.

"어떻게 된 거야? 죽은 거야? 아니…… 도대체 어떻게 해야 하지?"

경식은 혼란스러웠다.

하지만 그가 진정되는 것을 기다려줄 만큼 지금 상황은 평화롭지 못했다.

제이크가 그에게 다가와 어깨를 흔들었다.

"왜 그러십니까. 어찌 된 일이십니까!"

"아아……그게."

제이크에게는 사실대로 말을 할 수 없었다. 자신 이전에 에리카를 섬기던 그에게, 에리카의 기척이 아예 사라졌다고 어떻게 말할 수 있겠는가?

말 그대로 죽었다는 뜻이다.

그런 말을 할 순 없는 것이다.

"아, 아닙니다."

"하! 괜찮으시다니 다행입니다."

뚝. 뚝뚝.

그렇게 말을 하는 제이크의 몸에서 피가 뚝뚝 떨어지고 있었다.

제이크는 온몸에 상처가 나 있는 상태이고, 소울이터 역시 이곳저곳에 금이 가서 너덜너덜해져 있는 상태였다.

"제이크야말로 괜찮으세요?"

"……분통할 뿐입니다."

그는 테카르탄에게 졌다. 아무리 테카르탄이 암흑투기를 등에 이고 싸웠다고 해도 패배한 사실 자체는 변하지 않는다.

"다음엔, 지지 않을 겁니다."

"네. 우선 이 상황 자체를 어떻게든 해야겠네요."

경식은 주변을 둘러봤다.

주변엔 암흑투기가 남기고 간 잔해와, 끝이 없을 것만 같은 시체들이 널브러져 있었다.

그리고 그 한가운데에는 황제가 추욱 늘어져 있었다.

경식은 재빨리 황제에게 다가가 상태를 살폈다.

"숨이 붙어 있어."

황제는 다행히도 살아 있었다.

경식은 주변으로 피신해 있는 귀족들을 바라보며 외쳤다.

"성직자가 있으면 데려와 주십시오! 황제가 위독해요. 위독하다고요!"

그 말에 몇 명이 움직인다.

신관인 모양이었다.

경식 역시 그들과 더불어 황제를 보살피려 하였다.

하지만 그때, 누군가의 자그마한 목소리가 들려 왔다.

"……쿠드."

자신이 이곳에서 불리는 이름이었다.

그리고 목소리 역시 상당히 낯이 익었다.

고개를 돌리자,

그곳엔 시체인 줄로만 알았던 알스가 다 꺼져 가는 눈동자로 경식을 바라보고 있었다.

"……."

경식 역시 그런 알스를 보았다.

항상 반항적이던 그의 눈동자는 웬일인지 그 반대의 감정으로 가득 차 있었다.

그는 이끌리듯, 알스에게 다가갔다.

알스는 심장이 터진 채 죽어 가고 있었다.

아니, 심장 대신 사령의 보옥을 사용하고 있었는데, 그것이 빼앗겼으니 남아 있는 소울 에너지로 어떻게든 생명을 연명해 가고 있는 것이었다.

"……."

자신을 죽이려 했던 대상.

반대로, 자신이 죽여야만 했던 대상.

하지만 라이벌이었고, 끝을 내려면 자신밖에 없다고 생각하며 하루에 한 번 이상은 항상 강하게 생각하던 대상.

경식에겐 그 대상이 바로 알스였다.

이제 죽어 가는 라이벌.

경식은 그 라이벌이 내민 손을 맞잡았다.

그리고 자신의 소울에너지를 불어넣었다.

이로써 경식이 손을 놓지 않는 한 알스는 죽지 않을 것이다.

하지만 손을 놓아 버리면 바로 죽을 것이다.

소울 에너지를 몸 안의 피처럼 사용하는 알스이기에 가능한 일이었다.

후우우우.

경식의 소울 에너지가 들어오자 일정한 숨이 돌아온 알스가 경식을 보며 푸들푸들 웃었다.

"쓸데없는 짓이네."

그 말에, 경식이 웃었다.

"그러게 말이야. 정말 쓰잘머리 없는 짓인데, 할 수밖에 없었어."

"하아……."

살고 싶다.

알스의 마지막 말이 경식의 가슴에 파고들었다.

가슴이 저며지는 느낌이었다.

그의 울먹이는 목소리는, 모든 걸 포기해야 하는 상황에서도 그 아무것도 포기할 수 없는 독불장군의 고집을, 떨려오는 공포를 담고 있었기 때문이다.

"난…… 살기 위해 죽였다. 죽였고…… 죽였는데…… 죽이면 살 수 있었는데…… 하아. 이제 죽는군. 내가 죽으면, 더 이상 죽이지 않아도 되는 건가."

"……."

경식의 대답을 바라고 하는 말이 아니었다.

그냥 들어달라고 하는 말 같았다.

소드마스터조차 발아래 두었던 이의 마지막치고는 너무나도 초라했다.

경식은 그런 알스의 손을 꼬옥 잡아주었다.

"난…… 13명의 친구가 있었어. 그리고 난 모두를 죽였다. 살기 위해서."

"……."

"난 친구가 없어. 모두 죽였으니까. 가깝다 생각했던 놈이 내 심장을 가져갔어. 거기엔 아무런 망설임도 없었지."

"……."

"난 너를 죽이려고 했어. 그런데 죽지 않았어. 죽이려 해도 넌 죽지 않았고, 이제 내가 죽게 생겼어. 그리고 넌 날 살려 주고 있어."

"……."

"넌……넌. 하아……넌……."

넌 나의 친구냐?

"……."

정말 뜻밖의 말이었다.

경식은 아무 말도 할 수 없었지만, 아무런 말도 하지 않으면 안 될 것 같았다.

거짓말일지도 몰랐다.

하지만 내뱉을 수밖에 없는 말을 내뱉었다.

"친구지."

"쿳……!"

알스는 웃는 건지 흐느끼는 건지 모를 표정을 지어 보였다.

"하늘이 참 맑네."

"……?"

그러고는 눈을 감는다.

아무것도 없는 어둠이 그의 눈앞에 펼쳐졌다.

"내 마지막 순간은 어둠이 어울려."

"……."

"이제. 손을 떼도 좋아."

경식은 뭐라고 말을 하려다가 입을 다물었다.

그리고 손을 놓아 주었다.

흐려져 가는 의식을 부여잡고,

알스는 나지막이 읊조렸다.

"쿠드……."

"원래 이름은 경식이다."

"……큭. 그래, 경식. 하아……."

그는 마지막 힘을 쥐어 짜 말했다.

"친구여."

"그래."

"마도국의 총수를…… 내가 있는 곳으로 데려와 줘."

경식이 들고 있던 알스의 손목이 추욱 늘어졌다.

뚝. 뚝뚝.

경식의 눈동자에서 흐를 리 없는 눈물이 흘렀다.

"그래. 마도국의 총수."

아니, 드래곤 로드.

그 이름은, 갈라르바브.

이 모든 것을 끝내기 위해,

지금부터 경식이 쓰러뜨려야 할 대상의 이름이었다.

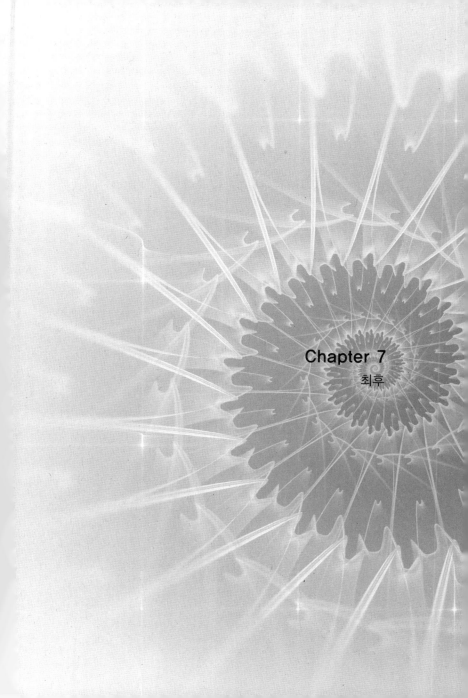

Chapter 7
최후

마도국의 총수가 사는 마도궁.

그곳의 입구에 장신의 **빼빼** 마른 남자가 섰다.

그러자 진흙으로 빚어진 경비병이 와서 그의 얼굴을 확인
했다.

"테……카……르……탄."

테카르탄은 고개를 끄덕이자, 진흙 경비병이 길을 터주었
다.

그곳은 황량하고 척박했다. 하지만 테카르탄이 들고 있는
구슬은 그 황량하고 척박한 모든 것을 압도할 만큼 부정한
에너지가 끓어 넘쳤다.

그의 곁을 지나가던 인간, 유사인종, 노예, 마법생물 할 것
없이 길을 터주고 고개를 조아렸다. 그들의 얼굴은 저마다 경
악에 가득 차 덜덜 떨렸다.

시선을 둔 것만으로도 수명이 닳는 느낌.

구슬 안에 자리 잡은 '무언가'는 그러한 힘을 보유한 존재
였다.

우웅! 우우우웅!

멈추지 않는 떨림 소리.

그 떨림 소리를 듣는 것만으로도 주변사람들은 공포에 질
렸다.

그것을 직접 들고 있는 테카르탄 역시, 구겨지는 인상을
애써 바로잡으며 입을 열었다.

"마계에서 왔다더니…… 정말 순도가 높군."

그가 들고 있는 두 개의 구슬.

그중 하나는 황금색이었고, 다른 하나는 힘없는 묵 빛이었
다.

짙은 마계의 기운은 찬란한 황금색 구슬에서 뿜어져 나왔
다.

바로, 드래곤 하트.

그것도 드래곤 로드의 드래곤 하트였다.

"마계에서 천 년간 보관되면 아무리 정순한 것이라도 이토

록 사악한 기운을 흩뿌린다는 건가.”

드래곤 하트의 사기는, 아마 암흑투기에 익숙한 테카르탄
이 아니라면 이렇게 오래 쥐는 것은커녕 바스러져 흡수되었
을 것이다.

“이걸 드래곤 하트라 불러야 할지 모르겠군.”

마계로 간 지 1천 년이나 지난 드래곤 하트.

천 년이나 암흑투기에 방치되어 있던 것을, 이 세상에서 가
장 정순하다는 드래곤 하트에 비교해야 하는지 어떨지.

뚜벅. 뚜벅.

그런 생각을 하며, 테카르탄은 발걸음을 더욱 옮겨갔다.

마도국의 총수가 있는 단상 위로 향하는 길이다.

언제나 그의 명령을 받기 위해 그곳으로 가곤 했다.

하지만 지금은 조금 다르다.

마도국의 총수에게 명령을 받기 위해 온 것이 아니기 때문
이었다.

오히려, 명령을 하기 위함이랄까?

“크흑. 흐으으으윽!”

“……”

눈앞에 초로의 늙은이가 보였다. 주름살은 그가 1천 년을
넘게 장수한 노인이라는 것을 잘 설명해 주고 있었다. 몸에
두른 휘황찬란한 옷이 무겁게 느껴질 정도로 그는 초라했다.

마도국의 총수.

총수의 이름은 기억도 나지 않는다.

그저 총수의 몸을 지배해 왔던 이의 이름을 테카르탄은 부를 뿐이었다.

"그라나스님께서는 잠들어 계신가 보군."

"크으으…… 나를. 날…… 날 차라리 죽……죽여라."

마도국 총수의 입에서 나오는 말이라기엔 상당히 나약했다.

하지만 그의 마음을 충분히 이해한다.

또한 이해하기 때문에, 경멸한다.

"그분을 1천 년이나 섬겼으면, 기뻐해야 정상이거늘."

"……크으으."

"네놈은 살지도, 죽지도 못한다. 하지만 너의 더러운 몸에서 그분을 구제해 드릴 테니, 너에겐 잠깐이라도 안식이겠구나."

거기까지 말한 테카르탄은 왼손에 담긴 묵빛 구슬을 총수가 끼고 있는 반지에 가져갔다.

탁.

그리고 그 후, 반지에서 새하얀 무언가가 뿜어져 나와 묵빛의 구슬로 스며들어 갔다.

촤아아아아악!

이윽고 태양만큼 찬란한 금빛의 아우라가 뿜어져 나오더니, 다시금 잠잠해졌다.

[흐음. 이곳은 쾌적하군.]

누군가의 목소리가 들려 왔다.

테카르탄에겐 참으로 친숙한 목소리.

그의 주인이라 할 수 있는 존재의 목소리였다.

"괜찮으십니까."

[괜찮긴 하다만…… 구각랑이 나를 밀어내려 하는구나. 감히 말이야.]

"그러십니까."

사령의 보옥은 구각랑의 일부였다. 아무리 드래곤 로드가 강력하다 한들 구각랑의 앞마당과도 같은 사령의 보옥에선 그의 위용을 드러내기에 많은 어려움이 있는 것이다.

[나의 심장을 곁에 두어라. 그리고 뒤로 물러서 있거라.]

"누구의 말씀인데 감히 거역하겠습니까."

테카르탄은 황금빛 심장을 사령의 보옥 바로 옆에 두고, 뒤로 물러섰다.

드래곤 하트의 빛이 옆으로 이동했다.

힘의 이전.

그리고 그 힘은 어마어마한 것이라, 구각랑의 집과도 같은 사령의 보옥을 압박하기에 충분하고도 남음이 있었다.

크르르. 크르르르르르!

구각랑의 울음소리가 사령의 보옥 안에서부터 들려 왔다.

쩌적. 쩍! 쩌저저적!

사령의 보옥이 놓여 있던 땅이 얼어붙으며 그 세를 넓혀가기 시작했다.

드래곤 로드의 힘에 격렬하게 저항하고 있다는 뜻이었다.

하지만 그때. 옆에 있던 드래곤 하트가 번쩍 빛나며 더욱 큰 힘을 사령의 보옥으로 밀어 넣기 시작했다.

파르르. 파르르르르!

사령의 보옥이 사시나무 떨리듯 가느다랗게 움직인다.

그리고 곧이어 세를 불려가던 한기가 멈추고, 사령의 보옥 안쪽으로 갈무리 되어 흡수된다.

[흐음.]

그리고 약간 불만이라는 듯, 낮은 침음성이 흘러나왔다.

"구각랑의 저항이 심하십니까?"

[그렇지 않다. 녀석은 굴복시켜 두었다. 헌데…… 나의 심장에 사악한 기운이 가득하구나.]

드래곤 하트.

그 드래곤 하트는 더 이상 정순하지 않았다.

암흑투기.

일천 년 동안 끊임없이 접해 온 암흑투기에, 드래곤 하트는 그 근본부터 변질되어 버렸다.

차라리 마왕의 심장이라 불려도 할 말이 없게끔 말이다.

[정화할 수 없는 수준이다. 사용하다 보면 물들겠지.]

드래곤의 성품은 담대하고, 단단하다.

그런 드래곤의 성품이 암흑투기와 노출된 자신의 심장과 융합하면 어떻게 노력하건 포악하게 변한다.

어쩔 수 없는 기정사실이다.

그리고 그 기정사실을 앎에도 불구하고 강행할 수밖에 없는 것이, 지금 드래곤 로드의 상황이기도 했다.

[앞으로 나는 어떻게 되어 가는가.]

탄식 섞인 한마디에, 테카르탄이 고개를 조아렸다.

"감히 한 말씀 올리건대, 아무런 문제도 없으실 것입니다."

테카르탄은 암흑투기를 받아들여, 이미 인간이 아닌 존재가 되었다.

그럼에도 불구하고 그의 인성은 변함이 없었다.

매정하고, 참혹하고, 잔인하다. 강함을 위해서라던 무엇이든 하는 본디 성격과 크게 달라지지 않았다.

[깨닫지 못하고 있구나.]

"……?"

드래곤 로드는 의미 모를 말을 한 후 입을 다물었다.

테카르탄의 의문에는 답해 주지 않을 생각인 듯했다.

[나를, 어서 그릇으로 데려가라.]

"그리하겠습니다."

테카르탄은 사령의 보옥과 드래곤 로드의 심장을 다시금 들어 올렸다. 그리고는 마도궁 아래에 있는 지하 실험실로 발걸음을 옮기려 했다.

그때였다.

"나…… 나를. 나를 죽이고…… 가라."

마도국의 총수는 불멸의 반지를 손에 얻고, 드래곤 로드에게 잠식당한 후 천 년 동안을 꼭두각시 행세만을 해 왔다.

어떻게든 벗어나려고 노력했지만 그러지 못했다. 드래곤 로드의 정신력은 한낱 인간 따위가 견뎌낼 수 있는 것이 아니었기 때문이다.

완전히 죽이면, 몸 역시 죽어가기 때문에 살려두었을 뿐, 꼭두각시에 불과했다.

드래곤 로드가 아주 잠깐씩 자리를 비울 때. 숙면을 취할 때.

그는 깨어나, 자신의 나이가 얼마나 들었는지, 무엇이 변하였는지, 자신이 아끼는 무언가가 죽었고, 죽였으며, 갈아엎었는지를 통보 받아야만 했다.

몇 년에 한 번. 몇십 년에, 백 년에 한 번씩 깨어날 때도 있었다.

그의 삶은 이미 의미가 없었다. 살아갈 의미가 아무것도 없는 그런 고통의 연속일 뿐이었다.

죽는 것만이 유일한 구원.

그래고 그는 그 구원을 바랐다.

죽고 싶었다.

하지만 그는 이미 천 살이 넘어가는 노령의 나이. 게다가 그의 영혼이 몸을 조종한 것은 1천 년 중에 단 1년도 되지 않는다.

육체도 노쇠하고, 그 노쇠한 육체마저 자신의 뜻대로 움직일 수 없는 상태.

죽음조차 그의 마음대로 할 수가 없었던 것이다.

"나를…… 죽여라. 제발…… 제발 죽여줘."

피식.

테카르탄은 그 말에 피식 웃을 뿐이었다.

"한때는 마도국을 주무르며 왕 노릇을 했던 자가 이리도 형편없이 무너지다니. 안타까울 노릇이군."

"크흐흐흑……."

그의 짓무른 눈두덩에선 눈물이 흘러내렸다.

하지만 테카르탄의 마음을 움직이기엔 턱없이 부족했다.

"너의 몸은, 쓸 데가 있다. 아무래도 이곳은 마도국이니, 네 명령이 필요하다."

"아니, 아니…… 제발……!"

"끝까지 그 빌어먹을 육체에 매달려 죽지도, 살지도 못하는 영원한 굴레 속에 있도록."

테카르탄이 자리를 떠난 후, 마도국의 총수는 허공을 바라보며 무너져 내렸다.

* * *

테카르탄은 마도궁 깊숙이 내려왔다.

연구원들은 이미 업무를 끝마친 지 오래. 아무리 마도국이라도 사람이 사는 곳이고, 사람인 이상 잠을 자는지라 한밤중에 이곳에 있는 이는 아무도 없었다.

일부러 사람을 물리거나 하지 않아도 되니, 번거롭지 않다 생각하며 걸음을 옮길 때였다.

마도궁 최하층에 다다르니, 문지기가 보였다.

물론, 인간은 아니었다.

데스 워리어.

데스나이트 3기와 전투력이 비슷한 마도국 최고의 비밀병기였다.

"신분 확인 중."

데스 워리어는 거의 인간과 흡사한 어조로 말을 내뱉은

후, 허공을 바라보듯 한참 그곳에 있다가 말했다.

"확인. 테카르탄. 권한. 1등급⋯⋯."

스릉!

데스 워리어는 절도 있는 몸짓으로 검을 뽑아 들었다.

"접근 불가. 나가는 것을 권한다."

1등급은 높은 등급이다. 거의 모든 곳을 갈 수 있다. 하지만 이곳은 마도국의 총수와 관리인만이 올 수 있는 곳이다.

그러니 당연하게도 테카르탄은 접근이 불가능하다.

억지로 들어가려 한다면, 데스 워리어의 검 앞에서 죽음을 면치 못할 것이다.

"데스 워리어라⋯⋯ 8기였나."

문득, 에리오르슈 가문에 마도국이 들이닥쳤을 때가 기억난다.

그곳에 투입된 데스 워리어는 더 적은 숫자라고 기록된 바 있지만, 실지로는 8기였다.

그리고 그 8기 전부를 상대로, 제이크는 한 발자국도 움직이지 않았었다.

물론 상처를 입었지만, 살아서 돌아갔다.

씨익.

테카르탄의 손이 검 손잡이에 닿았다.

촤촛!

가벼운 소리와 함께 주변 공간이 반으로 나뉘듯 갈라졌다가 다시 아물었다.

아무런 변화도 없었다.

"사살한다."

데스 워리어가 들고 있던 검을 들고 테카르탄에게로 쇄도했다.

하지만 데스 워리어의 검은 테카르탄을 베지 못했다.

이미 데스 워리어의 상반신이 하반신과 나뉘어 바닥을 뒹굴고 있었기 때문이다.

우당탕탕!

끼이이익! 끼이이이이이이익!

갑옷 사이로 데스 워리어의 영혼이 굴뚝에 핀 연기처럼 뿜어져 나왔다.

"……."

테카르탄은 그것을 뒤로하고 앞으로 나아갔다. 그리고 거대한 문을 열고 안으로 들어갔다.

문 너머에는 거대하고 텅 빈 공간이 있었다.

그리고 그 공간의 한가운데엔 거대한 유리 기둥의 기둥이 버티고 있었다.

그 안에는 백옥 같은 피부의 여인이 실 오라기 하나 걸치지 않은 상태로 갇힌 채 고운 눈을 감고 있었다.

테카르탄은 나체의 여인을 보고도 눈 하나 깜짝 않고 입을 열었다.

"에리오르슈 에리카."

그녀는 잠들어 있는 상태였다.

테카르탄은 검을 들어 기둥의 아래쪽을 베었다.

츠츳! 하는 소리와 함께 기둥에 실금이 생겨나더니, 버티던 하중을 이기지 못하고 깨지며 용액이 폭포처럼 흘러나오기 시작했다.

그리고 그것과 함께 에리오르슈 에리카의 몸 역시 아래로 쭉 빨려 나왔다.

타악—

테카르탄은 그런 에리카의 나체를 조심스레 들어 올린 후, 바닥에 내려놓았다.

윤기나는 백색의 긴 머리카락이 모포처럼 그녀의 나신과 젖가슴을 가렸다.

[준비가 끝났는가.]

사령의 보옥에서 그의 주인이 물어 왔다.

"명령만 내려 주십시오."

그 말에, 드래곤 로드는 싱긋 웃으며 명령했다.

[나를 그녀의 몸속으로 넣어라.]

테카르탄은 사령의 보옥을 들어 그녀의 젖가슴 사이로 밀어 넣었다.

사령의 보옥은, 그녀가 5살이 될 때부터 그녀의 몸속에서 살아 숨 쉬던 것.

사령의 보옥이 그녀의 피부에 닿자마자 녹아내리듯 스며들었다.

[나의 심장을 이식하라.]

이번엔 드래곤 하트를 그녀의 몸속에 이식할 차례였다.

테카르탄은 드래곤 하트를 들어 올려 그녀의 이마에 얹었다.

촤아악!

눈부신 황금빛이 주변을 덮었다.

쾅!

거대한 반탄력과 함께 테카르탄이 뒤로 날아갔다.

카칵!

검을 바닥에 박아 넣어 반탄력에 견뎌 낸 테카르탄이 땅을 딛고 일어나 눈앞을 바라봤다.

그곳엔 나체의 여인이 고운 발을 바닥에 딛고 굳건히 서 있었다.

밑바닥까지 내려오는 풍성한 머리칼은 백금을 실로 짜낸 듯 아름다웠고, 흰 피부에는 찬연한 빛이 뿜어져 나와 주변을 밝혔다.

그녀가 눈을 떴다.

그녀의 눈동자는 프리즘을 덮은 듯, 무지갯빛으로 빛나고 있었다.

턱!

테카르탄은 무릎을 꿇고, 새로운 몸에 들어간 드래곤 로드를 영접했다.

"앞으로 어쩌실 생각이십니까."

푸악!

그 말에, 드래곤 로드는 양손을 들어 자신의 가슴을 후벼 파 무언가를 꺼내었다.

두 부류의 영혼들.

13개의 망령들과, 이제는 자신의 이름조차 기억하지 못하는 연금술사 출신 키메라의 영혼이었다.

"……!"

그리고 드래곤 로드가 눈을 부릅뜬 순간.

화르륵!

키아아아아아아아아아아악!

두 부류의 영혼이 불타더니 그대로 소멸했다.

"순도 낮은 영혼은 필요가 없다. 순도가 높은 일곱 개의 영혼이 필요하다. 완벽하게 마계를 열어, 백여 개의 동족의 심장을 온전히 가져올 수 있게. 더불어 나의 영혼이 들어가 있어야 할 또 다른 나의 심장을 가져 와, 원래의 나의 몸을 되찾을 수 있게 말이다. 그리고 그것을 되찾은 후⋯⋯."

에리오르슈의 몸을 얻은 드래곤 로드는, 사르륵 눈을 감으며 말했다.

"이 세상에 가장 더럽고 추악한, 인간이란 종족을 완전 말살할 것이다."

그녀의 몸과 영혼을 얻은 드래곤 로드의 표정은 단호하고, 또한 티 없이 맑은 호수와도 같았다.

〈다음 권에 계속〉

정령사 헌터 성공기

지금까지 없었고,
앞으로도 없을 헌터계의 전설!!

『정령사 헌터 성공기』

세상을 놀라게 할 정령사 헌터의 행보를 주목하라!
헌터계를 평정할 정령사의 이야기가 시작된다!

양인산 현대판타지 장편소설

MODERN FANTASY STORY & ADVENTURE

완전기억자

강형욱 현대판타지 장편소설

MODERN FANTASY STORY & ADVENTURE

더욱 완벽해져서 돌아온 『퍼펙트 가이』

『완전기억자』

누구나 한 번쯤은 상상으로 꿈꿔 봤을 완전기억능력.
전 세계를 경악시킬 '완전기억자' 가 나타났다!

★
dream
books
드림북스

ORIENTAL FANTASY STORY & ADVENTURE
이대성 신무협 장편소설

사자왕

NAVER 웹소설 최고 인기 무협 『수라왕』
그 전대(前代)의 이야기!

'마왕'과의 계약으로 힘을 얻은 소년, 공손천기.
잔혹한 운명을 이겨 내기 위한 그의 행보가 펼쳐진다.

dream
books
드림북스

反반생학사生學士

소유현 신무협 장편소설

『학사귀환』, 『학사무경』의 작가 소유현
그가 풀어내는 또 하나의 학사 이야기!

시험에 낙방 후, 무한히 반복되는 시간의 굴레에 갇혔다.
감옥과도 같은 무한회귀 속에서 벗어나야 한다!

★
dream
books
드림북스